集英社オレンジ文庫

平安あや解き草紙

～その姫、後宮にて天職を知る～

小田菜摘

CONTENTS

イラスト／シライシユウコ

平安あや解き草紙

その姫、後宮にて天職を知る

HEIAN AYATOKI SOSHI

第一話

花の色は
うつってしまったけれど

『昨夜の貴女《あなた》との逢瀬《おうせ》を思いだすと、まだ夢の中にいるような心地です。永久に共にあるためにいっそ夜が明けなければ良いのにと、貴女の香りが残る衣にくるまり詮無《せんな》いことを考えたりもしました。されど無粋《ぶすい》な陽の光が、私の現《うつ》し心を目覚めさせてしまいます。残念ながら夢ばかり見てもいられない。現し世に目をむけると、先のことを思いあぐねる日々でございます。時は無常の敵。かの小野小町《おののこまち》も詠《よ》みましたしね――』

読み進めるうちに文を持つ手が、ふるふると震えてきた。薄紅《うすべに》の桜の花びらを漉《す》きこんだ料紙《りょうし》をくしゃりと握りつぶし、伊子《かのこ》は天にむかって絶叫した。

「ふざけんなあ〜〜〜〜〜！」

どこからか雲雀《ひばり》のさえずりが聞こえてきた。文机《ふづくえ》に載せた冊子から顔をあげた藤原《ふじわらの》伊子は、格子《こうし》の隙間《すきま》からさしこむ光の色合いが一段と暖かみを増していることに気付いた。

「そうよね。もう弥生《やよい》に入ろうっていうのだから」

壺庭《つぼにわ》の白梅はすでに花びらを散らしており、丸っこい花びらの桃と遅咲きの枝垂《しだ》れ梅が濃淡の紅の花をそれぞれに咲かせている。景色はすっかり春の様相を呈しているが、思いきって格子を上げるにはまだ肌寒い時分である。

伊子は木瓜《ぼけ》の紋様を浮織《うきおり》にした蘇芳《すおう》染めの小袿《こうちぎ》の襟元《えりもと》を引き寄せた。若い頃はもう少しこらえ性もあった気がするが、三十路《みそじ》を過ぎたあたりからめっきりと冷えが堪《こた》えるようになってきて敵《かな》わない。

「やれやれ、年を取るとこれだから」

ぼやきを零《こぼ》したとき、奥のほうで勢いよく妻戸《つまど》の開く音がした。

「姫様、南庭《だんてい》で――て、またそんなものを読んでおられるのですか？」

ばたばたと足音をたてて廂《ひさし》から母屋《もや》に上がってきたのは、乳姉妹《ちきょうだい》の千草《ちぐさ》である。幼い頃から元気な性質《たち》ではあるが、三十二歳と同じ年なのに女童《めのわらわ》のようなこの活気はどこから生じているのかと不思議に思う。

「そんなものって、面白いわよ」

伊子が手にしていた冊子は、市井《しせい》や地方で伝えられる説話を収集した写しである。縁ある学者が仕事の傍《かたわ》らに記したという十数冊に渡る大作を借り受け、暇に任せて伊子自身が書き写したものだった。経緯からとうぜん俗《ぞく》っぽい内容ではあるが、諷刺《ふうし》に富んだ諧謔《かいぎゃく》的な表現は読む者を飽きさせない。

「物語も恋愛物ばかりだと、いい加減白けるのよ。それに市井や地方の人達はこんなことを考えているのかと、まさしく目から鱗《うろこ》が落ちたような気持ちになって新鮮よ」

「国司《こくし》の娘ならともかく、左大臣《さだいじん》家の姫様がそんなことを知ってどうするのですか。それより聞いてください。南庭の桜がとうとう開きましたよ」

「……そりゃあ、梅、桃と来れば次は桜が普通に咲くでしょ」

どっちがそんなことなのだという反論を呑《の》み込み、素っ気なく伊子は答えた。そもそも人の好みを全否定までして伝えることかと疑問に思っていると、千草は伊子の正面にぺたりと腰を下ろしてぐいっと詰め寄ってきた。

「いいえ！　だってもう数日したら、この左大臣邸で十数年ぶりに『曲水《きょくすい》の宴《えん》』が催《もよお》されるのですよ。なんとおめでたいことでしょう。桜もきっとそれを祝って咲いてくれたにちがいありません」

「桜は宴のあるなしに関係なく、毎年この時期に咲いていると思うけど……」

控え目な伊子のつっこみなどないもののように、千草は袖《そで》のうちで拳を作る。

「とうとうこの日がやって参りましたね。お館《やかた》さまが先帝の勘気《かんき》を蒙《こうむ》ってからはや幾年。新帝のお計らいでいよいよ一《いち》の人《ひと》として返り咲くこの日が！」

お館様とは、伊子の父親である左大臣・藤原顕充《あきみつ》のことである。涙を流さんばかりに感動している千草は、実の娘である伊子より顕充の復権にずっと情熱的だった。

二十年以上帝位にあった先帝の機嫌を顕充が損《そこ》ねたのは十五年前。伊子が十七歳になったばかりの頃だった。雄略天皇《ゆうりやくてんのう》の再来と囁《ささや》かれていた先帝は、真っ直ぐではあるが色々と激しい人柄で、少しでも意に添わぬ者は容赦《ようしゃ》なく自分から遠ざけた。誠実で穏やかな人柄の顕充も、些細《ささい》な進言をきっかけに勘気を蒙った。幸いにして左大臣としての免職は免れたが、それ以降はずっと不遇をかこつこととなってしまったのだ。

その結果、ほぼ内定していた時の東宮《とうぐう》への伊子の入内話《じゅだい》は立ち消えてしまう。それからほどなくして東宮は帝位に即《つ》かないまま亡くなり、東宮の息子、先帝からすれば孫にあたる親王が新しい東宮として立坊《りつぼう》（立太子）された。当時の彼はまだ七歳の童《わらわ》であり、すでに二十歳《はたち》を過ぎていた伊子の入内への道は事実上絶たれたのだった。

しかし昨年の先帝の崩御《ほうぎょ》を受けて、十六歳になったばかりの東宮が帝《みかど》となってから左大臣家の運気は変わった。年若い新帝は顕充の誠実な人柄をかねてより評価しており、かつてのように左大臣の地位に応じた起用で遇してくれるようになったのだ。結果として左大臣家は勢力を回復し、長い間ひっそりと身内だけで行っていた春の遊宴『曲水の宴』を、今年は人を招いて大々的に行うことになったのである。その宴を数日後に控えて、いま邸内は地味にばたついている。

「そういえば姫様。常陸《ひたち》の君が、あとで宴の献立《こんだて》を相談にあがりたいと言っていました」

「ああ、そうなの。いつでもいいからと伝えておいて」

常陸の君とは女房頭《にょうぼうがしら》の名前である。伊子の母が亡くなってから、顕充は正室を迎えていない。通う女人《にょにん》ぐらいはいるかもしれないが、少なくとも公《おおやけ》にはしていなかった。七歳下の同母弟・実顕《さねあきら》は結婚しているが、世の習いに従って妻の両親と同居している。よって伊子は、この邸《やしき》の事実上の女主人となっていたのである。

「でもあの一の宮様がご即位とは、こっちが年を取るはずよね」

しみじみとした伊子のつぶやきに、千草は不思議な顔をする。

「姫様、今上《きんじょう》と面識がおありなのですか？」

「そういえば千草は、あの頃はお産で実家に戻っていたものね」

「はい。二番目の夫との……あれ、最初だったかな？　うん、まさか三番目？」

本気で思い出せないらしく、千草はしきりに首を傾《かし》げる。四人の子宝に恵まれている彼女だが、男運が極端に悪くて子供の父親がほぼちがっている。酒乱、賭博《とばく》好き、借金等々別れた理由は様々だが、共通しているのは相手の男がろくでなしだったという点だ。四人目の夫が自分の他に三人の女人のもとに通っていることが判明したとき、ようやく男を見る目がないことを自覚した彼女は、いまは女手一つで子育てに勤《いそ》しんでいる。ちなみに十四になる長男は、すでに左大臣家の立派な家人である。

乳姉妹の波乱の半生に感心しつつ、伊子は事情を説明した。

「斎院《さいいん》様は今上のご養母なのよ。主上《おかみ》のご生母様は早くに身罷《みまか》られたからね。それで立坊される前は、紫野《むらさきの》の斎院御所でよくお会いしていたの。聡明でお可愛《かわい》らしい皇子様だったから、きっとお美しい帝におなりでしょうね」

あの当時はせいぜい二十歳だった伊子も、もはや来年本厄《ほんやく》の三十二歳である。年月が流れるのは本当に早い。

「そうだったのですか。確かに姫様と斎院様は、長年のご友人ですものね」

千草は得心したようだった。斎院とは賀茂《かも》神社に仕える未婚の皇族の女性のことだ。先帝の御世より斎院を務める脩子《ながこ》内親王は、伊子より二つ歳上の幼馴染《おさななじみ》である。貴族の娘が内親王の遊び相手として御所を訪れることはままあることで、その縁から二人はもう二十年来の親友だった。先々帝と内親王の第一皇女という高貴な生まれにもかかわらず、斎院はさばさばした気性の頼りになる女人で伊子とは馬があった。特に入内の話がご破算《はさん》になってからは、暇に飽かしてしょっちゅう遊びに行っていた。そこで当時はまだ童だった今上と、そして幼子に兄のように寄り添うあの人と知りあったのだ。

とつぜん伊子の脳裏《のうり》に、不愉快な記憶がよみがえった。


――花の色はうつりにけりな　いたずらにわが身よにふるながめせしまに。

（桜の花が色あせるように、私の美貌《びぼう》もすっかり衰えてしまいました。桜に降る長雨を眺めながら恋に思いなやんでいる間に）


あの人からの最後の文に記してあった歌は、彼自身が詠《よ》んだものではなく六歌仙《ろっかせん》の中の唯一の女流歌人・小野小町の有名な和歌だった。桜の花の儚《はかな》さを、過ぎゆく年月と女の容《よう》色《しょく》に喩《たと》えた憂愁《ゆうしゅう》の歌で、後世に残すべき名歌ではあるのだが――年上の女に寄越す別れの句としては最低過ぎる。

ここに来て過去の傷がうずきだし、伊子は眉間《みけん》にしわを刻んだ。十年も前のことであろうと、はじめて背《せ》の君と慕《した》った男からの屈辱《くつじょく》的な仕打ちは、容易に忘れ去れるものではなかった。おかげであれ以来、伊子は桜が嫌いになったのだ。先ほどの千草の開花報告に素っ気ない反応を示したのも、少なからずその好みが起因していた。

そもそも梅も桃も杏《あんず》も花が散ったあとには実用的な実を結実させるのに、桜だけは花の盛りだけが唯一の価値であるように、毒にすらならない渋い実を実らせるだけだ。これが桃なら花も美しくて実は食べられるし、古事記《こじき》にもあるように魔除《まよ》けにもなる。種にいたっては生薬で、どうかしたら人も殺せる猛毒にもなるのだ。盛りが過ぎてもなお有意義に生きられるとはまさしく人としての理想で、儚《はかな》く散る桜よりも有用な桃のようにありたいと伊子は思う。

それはともかくとして、今上は伊子にとって知らない相手ではなく、言ってみれば親友の息子とも言える存在だったのだ。

「でも今上がそのように顔見知りのお相手でしたら、入内するにしても姫様も少しは気楽になれますね」

安心したような千草の発言に、伊子は驚いて首を横に振った。

「入内って、お父様が今日お願いにあがっているのは、妃《きさき》じゃなくて准后《じゅごう》としてよ」

「え、でも准后っていうからお妃ではないのですか？　だから私は、お館様が姫様の入内をお願いに上がられたのだとばかり思っておりました」

千草が言っているのは、本日の顕充の参内《さんだい》についてである。復権以降、顕充は伊子を准后の地位につけてもらうよう願い出てみると常々語っていたのだ。

字面《じづら》からそう受け止めてもしかたがない誤解を、伊子は苦笑交じりに否定した。

「准后っていうのは、あくまでも皇后に準ずる待遇を授けるという意味よ。それが証拠に過去には殿方《とのがた》だって授かっているのだから」

「はあ？　殿方がお后の地位をもらってどうするのですか？　も、もしかして帝と男色の関係だったとか？　その話、もっと詳しく！」

「……なんでそんなに目を輝かせているのよ」

やたら食いついてくる乳姉妹に若干《じゃっかん》引き気味に応じたあと、あらためて伊子は准后について話をした。

「要するにこの年でいまさら妃になるなどできないから、せめて名誉と箔付《はくづ》けだけでもとお望みになられて、帝にお願いにあがることになさったのよ。お父様はご自分の失策のせいで、私を大臣家の大姫としてふさわしい地位につけられなかったとお考えだから」

実際には、そんなことはないと伊子は思っている。だいたい入内がお蔵入りになって何年もしないうちに先の東宮は身罷《みまか》ったのだ。仮に妃になっていても、わずかな期間の結婚生活ではさして時めくこともできなかっただろう。だというのにお人よしの顕充は、自分の失態で娘に花の盛りを無駄に過ごさせてしまったと負い目を感じているのだ。

本当はそうでない、という言葉を伊子は父に対する罪悪感とともに呑《の》みこんだ。


――かつて背の君と呼べる男性がいた。


この事実を知ったら、千草も能天気に入内などとはしゃげないだろう。しかし自分から公にすることでもないし、いまさら終わった屈辱的な恋のことを話すつもりもなかった。

「だいたい考えてみなさいよ。帝は十六歳の若者でこっちは三十二歳、前厄の大年増《おおどしま》よ。亡くなった帝のお母上は、ご存命であれば三十四歳だったというじゃない。養母の斎院様と同じ歳よ。こんな恐ろしい年齢差の娘の入内を願い出たりしたら、今度こそお父様は免職されかねないわよ」

「え～っ。でも姫様は、いまでもとてもお綺麗《きれい》ですよ。髪も黒々とされていて、お肌の肌《き》理《め》も細かくて、私なんていつも同じ歳とは思えないと感心しています」

思いがけない乳姉妹の賞賛に、伊子は言葉をつまらせる。おべっかとかではなく、普通に素の口調で言っているのが面映《おもは》ゆい。

「そりゃあもちろん、昔に比べたら少しはたるんでいますけど。それに顔に残った枕のあとが、いつまでも消えないとかは確かにありますしね」

「………………」

良いことも悪いことも一切忖度《そんたく》なくべらべらと語りつづける千草に、少々閉口しつつも気を取り直して伊子は言った。

「と、とにかく、あくまでも后に準ずるという立場だから、入内とはちがうのよ」

もし顕充が本当の入内を願いでていたら全力で阻止している。今上には十八歳になる右《う》大臣《だいじん》の娘・藤原桐子《ひさこ》がすでに女御《にょうご》として入っており、王女御《おうのにょうご》と呼ばれる亡くなった兵部《ひょうぶ》卿《きょう》宮の姫も入内している。加えて年頃の娘を持つ公卿《くぎょう》達も入内準備を進めている最中だ。

そんなところに三十二歳の女が割って入るなど、おのれを弁《わきま》えないにもほどがある。

そんな恥知らずな真似《まね》をするぐらいなら出家したほうがなんぼかましだ。そもそも年齢とは関係なく、すでに経験済みの女が入内などできるわけがない。通い婚という曖昧《あいまい》な結婚形態が常の世では男女ともにそれほど貞操《ていそう》が問われることはないのだが、さすがに帝の妃は乙女《おとめ》でないとまずかった。

そのとき廂の間に控えていた女房が、顕充の訪室を告げにきた。参内から戻ってきたのであろうが、噂《うわさ》をすれば影である。伊子は女房達に指示して座を作らせる。長年同居している父娘で、しかも三十路過ぎの娘ともあればもはや御簾《みす》で隔《へだ》てなどしない。せいぜい扇《おうぎ》をかざす程度だ。付きあいが長くなったからなのか、年を取って恥じらいが無くなったからなのかは不明である。

少しして姿を見せた黒の束帯《そくたい》姿の顕充は、近年見ないほど明るい表情をしていた。喜色《きしょく》満面《まんめん》とはまさにこのことで、これはきっと話がうまくまとまったにちがいない。

「お喜びなさい、大君《おおいきみ》」

あんのじょう父の声音《こわね》ははずんでいた。ちなみに大君というのは、貴人の長女に対する呼び名である。次女は中の君と呼び、三女以降は三の姫、四の姫と呼ぶのが一般的だ。いまのところ伊子は左大臣の唯一の女子なので、生まれたときからこの呼ばれ方である。

「まあ、では帝がご承諾《しょうだく》下さったのですね」

伊子も明るい声で応じた。本音を言えば准后自体にさほど興味はなかったのだが、晴れ晴れとした父親の様子は娘として純粋に嬉しいものだった。

「実は帝が、遠慮《えんりょ》せずにそなたを正式に入内させよと仰《おお》せなのだ」

顕充の言葉に伊子の思考は固まった。

「……は？」

「まこと帝は、あのお若さにもかかわらず心広いお方よ。左大臣の姫ともあれば、准后ではなく立后こそふさわしい処遇。新しい後宮にぜひともそなたも加わって花を添えて欲しいと仰せであらせられた」

この場合の立后とは、正式に皇后として立てることである。上機嫌で顕充は語りつづけるが、伊子はすぐにその意味を理解することができなかった。

「ちょ、し、しばしお待ちを」

ひとまず顕充の語りを制止し、考えを整理する。立后も視野に入れた正式な入内――つまり名目ではなく名実ともに妃になれと言われているのだ、十六歳下の帝から。その現実を認識したとたんに、怒濤《どとう》のように衝撃が押し寄せた。

「いや、むり……」

「は?」

「無理、無理、無理、絶対に無理――っ!」

邸中に響き渡るような絶叫に、顕充はもちろん千草もその場で固まった。

「な、なにごとですか!」

「大君様、百足《むかで》でも出ましたか?」

「ひょっとして油虫ですか?」

「え〜、こんな時季に?」

あちこちから女房の見当違いの心配や推測が聞こえる。しかし伊子には弁明も訂正《ていせい》もする余裕はなかった。檜扇《ひおうぎ》を放りだすと、床に手をついて顕充に詰め寄った。

「お父様、それは絶対におかしいです!」

「お、おかしい?」

娘のあまりの剣幕に、顕充は声を震わせた。彼も三十二歳にもなる自分の娘が、世間並以上の知性とたしなみは持っていても、恥じらいはわりと無くしていることを承知していた。そのうえでもひるんでしまうほどの迫力だったのだ。

「はい。きっと帝は現実を理解していないのか、なにかを思いちがえているのか、さもなくば物の怪《もののけ》に取り憑《つ》かれているにちがいありません！」

「も、物の怪となⁱ⁉」

顕充は悲鳴のような声をあげた。

「それ以外、なにが考えられるというのですか！　自分の年齢の二倍にもなる女人の入内を承諾するなど正気の沙汰《さた》ではありません」

「いや、承諾と言うても、こちらから入内を頼んだわけでは………」

「帝はあまりにもお若すぎて、女人が年を取るということをご存じないのですわ。旬《しゅん》の果実もやがて熟して、熟しすぎて皺《しわ》だらけになり最後は干《ひ》からびてしまうことを！　まだ青い果実である帝にとって私など、まさに熟しすぎて皺だらけになった腐った果実だというのに！」

「姫様。そこまで自分を貶《おとし》めずとも――」

自虐《じぎゃく》な方向に力説する伊子を、千草が控えめになだめようとする。しかし伊子はまったく聞かず、なんとか父親を説得しようと詰め寄る。その甲斐《かい》があったのか、はたまた迫力に押されたのか、顕充は恐る恐るうなずいた。

「確かに……承諾ならともかく、自分からお望みになるなど面妖ではあるな」

「そうですよ。きちんと帝に説明をしてください。私はもはや熟しすぎて皺だらけになった腐った果実だと！」

むしろ誇らしげに自虐を語る娘に、顕充は胡乱《うろん》な目をむける。それでもなんとか父親の威厳を取り戻して言った。

「齢《よわい》を重ねたと言うても、人が腐った果実ということはなかろう。木の実とて熟しても種を残すし、干柿のように年月を経たからこそ甘さを増す果実もありますぞ」

叱《しか》るというほどではなかったが、言い含めるような物言いだった。その言葉が思ったより深く胸に突き刺さり、興奮していた伊子はふっと冷静さを取り戻した。そんな娘を一瞥《いちべつ》すると、顕充はため息まじりに告げた。

「いずれにしろ、確かにこれほど年齢差のある結婚が良き結果になるとも思えぬ。せっかくのお話なれど、辞退させていただく方向で帝には申し上げよう」

それから数日後。伊子は紫野の斎院《さいいん》御所《ごしょ》にむかっていた。紋様が描かれた網代車《あじろぐるま》の中で、千草はとつぜん外出を決めた主人に不満と疑問を訴えつづけていた。

「斎院様に入内の件で帝を説得してもらおうだなんて、そこまで遠慮なさらなくとももっと気楽に承《うけたまわ》られたらいかがですか？」

「承れるはずがないでしょ！」

がっと牙を剝《む》くように、伊子は叫んだ。

「五つや六つならまだしも、一周回ってさらに四つ上の年齢差なのよ！　こんな年上の妃なんて前代未聞でしょう!?」

「そうですか？　藤原薬子《ふじわらのくすこ》などはもっと年上ではなかったのですか？」

「どうして、そんな最悪の例を持ってくるのよ……」

怒る気も失せ、伊子は脱力したように言った。薬子の変で悪名高い藤原薬子は、娘の入内に伴《ともな》い御所入りするも、その娘を差しおいて帝の寵愛《ちょうあい》を受けるようになった女官である。最終的には世を二分する大きな反乱を起こし、失敗して自害している。

自分の失言（？）に自覚がないのか、変わらぬ調子で千草は言う。

「ですが、あれから連日お館さまが固辞しつづけているにもかかわらず、帝が姫様の入内をお望みだというのなら、これはもう気の迷いではないと思いますよ」

「お父様は人がいいからはっきりとお断りになれないのよ、きっと。帝のほうだって気の迷いでないというのなら、錯乱《さくらん》しているとしか思えないでしょ。もしかしたら薬子のような絶世の色香を持った姥桜《うばざくら》を期待されているのかもしれない」

断固として伊子は言った。ちなみに姥桜とは、年増ながら美しさや色香を保っている女人のことで一般的には褒め言葉である。しかしたとえ藤原薬子並みの傾国《けいこく》の姥桜だったとしても、母親にも近い年齢差の女人の入内に執着するなど普通に考えておかしい。

困ったことに帝は、顕充の再三の固辞にもかかわらず執拗《しつよう》に伊子の入内を勧めてくるのだという。ついにたまりかねた伊子は、養母である斎院に説得してもらおうと自邸を出てきたのである。

狭い牛車《ぎっしゃ》の中でぎゃあぎゃあとやりあっている間に、紫野の斎院御所に到着した。賀茂斎院は伊勢《いせ》斎王と同様に不浄を厳しく忌避《きひ》する立場ではあるが、斎院御所には客殿が設けられており、外部の者もそこまでは入れるようになっていた。

車宿《くるまやどり》に乗り入れると、斎院御所の女房が出迎えてくれていた。伊子は白に淡青をあわせた柳重《やなぎがさね》の小袿を引きながら中門廊《ちゅうもんろう》に降り立つ。自宅ではないので、さすがに顔を隠すための檜扇は広げておく。

簀子《すのこ》を進みながら、先導役の女房が申し訳なさそうに言った。

「あらかじめご連絡をいただいていた大君様にはまことに恐縮でございますが、実はとつぜん先客の方がいらっしゃいまして、局《つぼね》でしばしお待ちいただけますでしょうか……」

伊子は檜扇の裏で訝《いぶか》しげな顔をする。先客はしかたがないが、斎院を前触れもなくとつぜん訪問できる人間などそういなさそうなものだが。

傍《かたわ》らに付き従っていた千草が、主人の心を読んだかのように尋ねる。

「どなたがお出《い》でなのですか？」

「斎院様の弟君の、式部卿宮《しきぶのきょうのみや》・嵩那親王《たかふゆしんのう》です」

十年ぶりに聞くその名に、伊子は檜扇を落としそうになった。そんな主人の動揺《どうよう》に気付かない千草が黄色い声をあげる。

「式部卿宮様って、在原業平《ありわらのなりひら》の生まれかわりとの評判も高い、あの有名な美男子の？」

「はい。そのうえ管弦や舞にも秀でておられ、当代一の貴公子とも謳《うた》われるあの式部卿宮様です」

まるで自分の主人でもあるかのように、得意げに女房は言う。斎院と式部卿宮は同母の姉弟だから、彼女にとっても主人にも近い存在なのかもしれない。

殿舎に入るべく、女房が妻戸《つまど》に手をかけたところで千草は声をはずませた。

「うわあ、物陰からでも御姿を一目拝せたら――姫様？」

とつぜん立ち止まった伊子に、千草が訝しげな顔をする。そのとき女房が開けた妻戸の奥から男の声が響いた。

「大君は、すでに私のものなのです！」

聞き覚えのある声を懐かしいとも忌々《いまいま》しいとも思う間もなく、伊子は女房を押しのけるようにして廂《ひさし》に飛びこんだ。あんのじょう、こちらに横顔を見せるようにしてあの人が座っている。伊子は胸元に挟んでいた懐紙《かいし》を素早く檜扇と入れ替え、積年の恨みとこの瞬間の怒りをこめて投げつけた。本当は檜扇のほうをぶつけてやりたかったが、打ち所が悪いと死にかねないので無意識の理性が働いた。

見事に彼の横っ面《つら》に当たった懐紙は、ばしっと気持ちのよい音をたてて床に落ちた。

「ひぃ、式部卿宮様が！」

後ろから女房の悲鳴が上がった。ぶつかった場所を手で押さえる式部卿宮を、伊子は怒鳴りつけた。

「あさまし！」

「……え？　お、大君？」

「馴《な》れ馴《な》れしく呼ばないでください！」

あたりの空気は完全に凍りついていたが、伊子はそんな気配にすら気づかなかった。あんな最悪の別れ方をした元恋人から、いまさら自分のもの扱いされたことが腹立たしくてしかたがない。

「いとあさまし、いと憎し、いとすさまじ！」

思いつくかぎりの罵《のの》りの言葉を吐く伊子のあまりの剣幕に、嵩那はもちろん千草ですらなにも言えないでいる。伊子のほうもあまりに叫びすぎて、ついに息が切れた。日頃自邸にこもって滅多《めった》に大きな声も出さないでいるところに、いきなりこんなふうにふるまえばしかるべき反応だろう。

少し呼吸が落ちついてからあらためて意識をむけると、ぼうぜんとこちらを見る嵩那と目があう。その彼の姿に、不覚にも伊子はどきりとした。萌黄《もえぎ》の表から薄紅の生地が透けた狩衣《かりぎぬ》は桜萌黄の重である。若葉越しに見た山桜を表したという装《よそお》いを見事に着こなしている。三歳年下ということもあったのだろうが、かつてはまだ幼さが残っていた印象の十九歳の若者は、十年の間にすっかり洗練されて、匂《にお》いたつような色香と雅《みやび》やかさを兼ね備えた見事な貴公子にと変わっていたのだ。

嵩那は、疑うような声で言った。

「え？　ま、まことに大君？」

伊子はわれにかえり居たたまれなくなる。これほど見事に成長した嵩那に比べて自分はどうなのか？　たまに斎院御所に赴く以外はろくに他人と接せず、家事を仕切る以外は俗《ぞく》っぽい説話集ばかりを読み耽《ふけ》っている毎日だ。まちがいなく姥桜には程遠く、所帯臭《くさ》くて色も艶《つや》もなくしているに決まっている。あの癪《しゃく》にさわる『花の色はうつりにけり』を証明しているにちがいない。

気恥ずかしさと自分の失態への怒りが同時にこみあげ、伊子は背中を丸めて檜扇を顔の前にかざした。ここまで醜態《しゅうたい》をさらしておいていまさら恥じらってみせたところで焼け石に水ではあるが、そんな理由ではなくただただ自分の姿を嵩那の目から遮《さえぎ》りたかった。年上の恋人にむかって、花の色はうつりにけりなどと記した最低の男に、まさしくそのものの姿を見られたくなかった。

いっぽうの嵩那も思いよらぬ再会だからか、馴れ馴れしく呼ぶなと叱責《しっせき》されたからなのか、うっすらと口を開いたまま次の言葉を発せられずにいる。もちろん千草も案内《あんない》役の女房も、なにが起きたのか分からないように立ち尽くしている。

「式部卿宮、これはいかがしたことじゃ？」

母屋《もや》から聞こえてきた貫禄《かんろく》のある声は、斎院のものだった。ここに来て伊子は、ようやくおのれの失態を自覚した。そうだ。この場は二人の逢瀬《おうせ》の場所ではなく、聖地でもある斎院御所なのだ。

「お、お目汚しをいたしまして、まことに申し訳ありませぬ」

伊子はその場にひれ伏した。御簾《みす》の奥で斎院はしばし沈思《ちんし》したのち、伊子に中に入るように言った。伊子の家柄と女人であることを考えたら特別なことではない。まして廂には異性の嵩那がいるのだから、これから話をするのなら伊子を御簾内の母屋に入れるのはとうぜんの配慮である。

伊子は身をすくませて、千草とともに御簾内に入る。母屋に女房は誰も控えていなかった。花鳥を描いた屏風《びょうぶ》を背に、濃き紫の小袿《こうちぎ》姿の斎院だけが脇息《きょうそく》にもたれていた。

「大君、久しぶりじゃな」

意外と機嫌よく斎院は言った。斎院という清浄を旨《むね》とする立場にある彼女は、くっきりとした目鼻立ちに豊満な姿態を持つ、えもいわれぬ色香をただよわせる佳人《かじん》であった。

「あの、女房達は？」

「そのあたりにおるであろう。宮が申すので下がらせた。されどあのように大きな声を出せば意味もない」

呆《あき》れ果てたというように斎院は言った。確かに伊子も式部卿宮の叫びを耳にして、妻戸からここまで走ってきてしまった。ならば局に控えている女房達の耳に入っていてもおかしくはない。

「心配せずともよい。われの女房はみな信頼できる者ばかりゆえ、汝《なんじ》らがそのような関係にあるなどとけして口外せぬ」

どうやら察したらしく、いっさい説明を求めずあっさりと斎院は言った。

「え、やっぱりそういうご関係だったのですか!?」

「昔のことよ！」

「姉上。そのお言葉、この嵩那は信じております！」

驚きの声をあげた千草に、きっぱりと伊子は言い返した。いっぽうで嵩那は姉に詰め寄る。そんな弟を斎院は御簾越しに一瞥《いちべつ》し、次いではすむかいの茵《しとね》に腰を下ろした伊子に目をむけた。

「なれど、汝らがわれを訪ねてきた理由は承知した。そのような事情であれば、確かに入《じゅ》内《だい》というわけにはいかぬであろう」

「汝ら？　では宮様も？」

伊子が驚きの声をあげると、斎院はうなずいた。

「ここに来るなり、なんとかそなたの入内を諦めるよう、帝を説得して欲しいと懇願《こんがん》されたのじゃ。われは後宮をわがもの顔で仕切るあの嘴《くちばし》の黄色い藤壺《ふじつぼ》の小娘を、大君であればなんとかしてくれると思い、そなたの入内には賛同していたのだが――」

嘴の黄色い藤壺の小娘とは、おそらく右大臣の娘・桐子のことであろう。御所では藤壺女御と呼ばれているはずだ。養母である斎院とは嫁《よめ》姑《しゅうとめ》の関係になる。帝の妃など親の一存で決められるものではないが、この調子ではあまりお気に召してはいないようだ。

「して、汝らはいつからそのようなことになっていたのじゃ」

「それは――」

「過去のことです！」

なにか言いかけた嵩那をさえぎり、断固として伊子は言った。冗談ではない。いまの斎院の尋ねかたでは、まるで関係が現在もつづいているように受け取れる。

「十年程前、しばしの時をお通いになられただけでございます」

つんとして伊子が答えると、御簾むこうの嵩那もなにも言わなかった。

「ならばそなたらの縁を繋《つな》いだのは、この御所であったのか」

一人で納得している斎院に、伊子は反論もできない。まさにその通りなのである。伊子はこの斎院御所で催された管弦の宴で嵩那を知った。もちろんそれは御簾を隔てたうえでのことだったが、彼が奏でる流麗《りゅうれい》な笛の調べにうっとりとした。だからそのあと届いた文を受けとって、一度じらしたあと二度目の文に返信したのだ。それから嵩那が伊子の御帳台《みちょうだい》に忍んでくるまで時間はかからなかった。

どう思っているのか、嵩那は一言も発さない。御簾のむこうには、まるで石のように微動だにしない人影が見えるのみである。

斎院は手の中で弄《もてあそ》ぶように揺らしていた檜扇をとつぜん左肩に持っていき、そのままぽんぽんとおのれの肩を叩いた。

「承知した」

「斎院様!?」

「帝には今宵《こよい》にでも文を書こう。大君が年齢差を引け目に感じ、われが相談を受けたとお伝えすれば、素直なお人柄の御方ゆえ納得してくださるであろう。もちろん宮の名は出さぬゆえ安堵《あんど》いたせ」

それからしばらく斎院と世間話をしてから、伊子は御所をあとにした。ちなみに嵩那は斎院が帝の説得を引き受けたことを確認するとすぐに帰って行った。打算的なものだと呆れたが、下手《へた》に居られても会話に困るだけなので伊子としては助かった。

牛車が正門を出るやいなや、厭味《いやみ》ったらしく千草は言った。

「私ちっとも存じませんでした。姫様は清らかなままだと思っておりましたのに」

「ごめんね、汚れていて」

こちらも厭味ったらしく伊子は返した。巫女《みこ》でも人妻でもないのだから、誰と関係を持とうと責められる謂《いわ》れはない。まして清らかなふりをして過ごしていたつもりもまったくなかった。もっとも千草は貞操云々《ていそううんぬん》の問題ではなく、自分に黙っていたことに立腹しているようではあるが。

しかし事は千草が出産で下がっている間に起きたことだし、わざわざ訊かれもしないのに告げることでもない気がして、そのままずるずると黙ったままきてしまったのだ。

どう思ったのか、少し機嫌を直したように千草は問うた。

「されど、なにゆえ別れてしまわれたのですか？　式部卿宮様であれば、左大臣家の婿《むこ》としては不足のない御身分ではありませんか？　もっとも有名な色好みのお方ですから、なにがあったのか大方は想像できますが」

「有名な色好み!?」

伊子は驚きの声をあげた。千草はなにをいまさらとばかりに怪訝《けげん》な顔をする。

「業平の生まれ変わりと称されていると申しましたでしょう。美男ぶりと色好みは評判でございますよ。私は御所のことはよく存じませぬが、評判の女房にはたいていお手をつけていらっしゃるとか。でも今日お姿を拝して納得いたしました。あのお美しさであれば、声をかけられてその気にならない女人はおりませんよね――」

千草はぺらぺらと語りつづけているが、伊子の頭には後半からはほとんど入っていなかった。

（ど、どういうこと？　あんなに初々《ういうい》しい人だったのに！）

最初に褥《しとね》を共にしたあと、女人に言い寄ったのはこれがはじめてだとぎこちなく告白してきた。明るい気性で会話はすぐにこなれていったが、そんな女癖《おんなぐせ》の悪さなど片鱗《へんりん》も見せなかった。いったい十年の間になにが起きたのか？　いや、もとからそのような性質をこちらが見抜けなかっただけなのか？

「やはり姫様も、宮様の浮気癖が原因で――」

「ちがうわよ！」

最後まで言わせずに伊子は叫んだ。

「ちがうの。後朝《きぬぎぬ》の文にひどい歌を書いて寄越したのよ。知っている？　小野小町の〝花の色はうつりにけりな　いたずらにわが身よにふるながめせしまに〟って、あの歌よ。年上の女に対してひどいと思わない」

「え？」

下級貴族出身の千草は、幸いにしてこの有名な歌に関する知識は持ちあわせていた。結果としてなぜ伊子が怒ったのかをすぐに理解した。

「ちょっ、ひどくないですか、それ？」

「ひどいわよ。しかも夢ばかり見ていられない、現実を見なければと書いた文の最後に記していたの。ねえ、最低過ぎるでしょ？　あなたが年増《としま》だということに気づきましたとかわざわざ書かないで、別れたいのならそれだけを言えばいいのに！」

十年前の怒りが昨日のことのようによみがえり、伊子は歯ぎしりをした。後朝の文にそんな最低の内容を記したあと、嵩那の足は途絶えてしまったのだ。数日しておためごかしのように文をよこしたが、読まずに火鉢《ひばち》にくべてやった。

「ほんとに最低ですね」

「だいたい和歌が苦手な人だったから、苦し紛《まぎ》れに人の歌を使ったのかもしれないけど、別れを切り出すなら下手でも誠意をみせろというものだわ」

その姑息《こそく》さが気に食わない。確かに他のことは人より秀でているのに、和歌だけは三筆《さんぴつ》並みの流麗《りゅうれい》な筆致で首を傾《かし》げるような駄作を送ってきていたから、本当に苦手だったのだとは思うのだけれど。

そのとき、牛車が音をたてて停まった。昼間から物取りにでも遭遇《そうぐう》したのかと不安を覚えた矢先、千草の背後で音をたてて物見が開いた。乳姉妹《ちきょうだい》はむきあうようにして車の中で座っていた。

千草の背中越しに車中をのぞく人物に、伊子の目は点になった。噂をすれば影で、嵩那その人だったのだ。反射的に後退り、壁に背中を張りつける。百鬼夜行《ひゃっきやこう》に出くわした人のように顔が強張《こわば》った。

「大君！」

「……ぶ、無礼でしょう！」

混乱のあまり叫んでしまったことだが、いずれにせよ人様の車の物見をとつぜん開けるなど無礼であることはまちがいないので、見当違いの非難ではない。

「お赦《ゆる》しあれ。されど――」

「お止《や》め下さい。いかに宮様とはいえ、左大臣の大君ですよ」

険《けん》のある声音《こわね》は千草のものだった。少し前まで黄色い声をあげていた相手に対してこうまで毅然《きぜん》とした態度を取れるのは、伊子へのひどいふるまいを知ったからだろう。

嵩那の顔にひるんだような色が浮かぶ。するとまるでその隙《すき》を縫《ぬ》うように、千草が物見をぴしゃりと閉めた。

「早く、車を出して」

前簾《まえすだれ》にむかって千草が声をあげた。嵩那と車副《くるまぞい》との間にどのようなやり取りがあったのかは分からないが、ほどなくして車はふたたび動き出した。

軋《きし》みをたてる車の中で、伊子も千草もしばし無言でいた。伊子の胸中は混乱と怒りがぐるぐると渦巻《うずま》いていた。いったいなにを言いにきたのだろう？　わざわざ車を停めてまで、嵩那はなにを伝えたかったのだろうか？　気になってしかたがなかったが、ならば斎院御所で言えばよかったのだと突き放すように思いもする。そうだ。聞いてやる必要などない。そもそもいまさらなにを言われたって不愉快なだけだ。迷いを打ち消すように自分に言い聞かせていると、ふと思い出したように千草がつぶやいた。

「ひょっとして式部卿宮様。姫様が斎院御所から出てくるのを、ずっとあそこでお待ちになっていたのですかね」

翌日の昼下がり、顕充が顔を青くして伊子が住む北の対《たい》に駆けこんできた。

ちなみに顕充は正殿となる寝殿に居室を構えている。明日にとせまった『曲水の宴』の準備で、邸全体がばたついている。それなのに茵《しとね》に座ったまま言いよどんでしまう顕充に伊子は困惑する。

（斎院様、うまく帝をお諫《いさ》めくださったのかしら？）

近頃、顕充の背中が丸くなった気がする。極めて朗《ほが》らかな性質と軽く太《ふと》り肉《じし》のためかやつれた印象はないが、五十の賀《が》を過ぎているのだから、それもとうぜんであろう。

（そりゃあ私が年を取ったのだから、お父様も年を取るはずよね……）

ちょっぴり切ない気持ちを抱きつつ、伊子は顕充がなにか言うのを待っていた。しかしあまりにも言いよどんでいるので、ついに伊子のほうから話を切り出すことになった。

「お父様、御所でなにかあったのですか？」

「……主上《おかみ》がお出でになられる」

「は？」

「急きょ、明日の曲水の宴に、主上が我が家に行幸《ぎょうこう》なさることになった」

伊子は耳を疑った。行幸とは帝が御所から出行することである。

とだけ言うと単純なことのようだが、実際には吉凶の占い、警備、付き従う陪従《べいじゅう》の手配等々準備は多岐《たき》にわたる。なにより三種の神器のうち剣と神璽《しんじ》（勾玉《まがたま》）、すなわち剣璽《けんじ》を伴《ともな》って赴《おもむ》かなければならないから、それだけで一大行事となるのだ。明日行くから、という勢いで敢行《かんこう》できるものではないはずだ。しかも寺社というのならともかく、一の人とはいえど臣下の邸になどそうそうある話ではない。

「ぎ、行幸って、なぜ、急に」

「そなたに会うためだそうだ」

「は？」

「昨夜、養母であらせられる斎院から、文でそなたへの関心を控えるようお諫めを受けられたらしい。聡明なお方だがいかんせんお若いので、かえって意地になってしまわれたようだ。そなたに会って、直接入内を要請するつもりらしい」

伊子は真っ青になった。要するに斎院の説得が完全に裏目に出てしまったのだ。傍《かたわ》らで千草が途方に暮れた表情をしている。これまで入内にやぶさかではない態度を示していた彼女だが、嵩那とのことを知ったいまでは完全に及び腰になっている。

（ど、どうしよう……入内なんてできるはずがないのに）

慌てている場合ではない。なにか対策を考えなくてはいけないのに、混乱のあまり思考が働かなくなっている。

「大君」

あたふたしているところに、おもむろに顕充が呼びかけた。

「年齢差を考えれば、そなたが入内を厭《いと》う気持ちはわしも理解できる。わしのほうからもう一度固辞を願いでるつもりだ。なれど明日の行幸に際しては、そのためにわざわざ足をお運びになられるのだ。主上とはいえ、なんというてもまだ十六歳の若者じゃ。どうぞお言葉だけでも聞いてさしあげてくれまいか」

切々と訴える顕充に、伊子はまるで針の筵《むしろ》に座らされているような気持ちになった。顕充は嵩那とのことをもちろん知らない。そのうえで伊子が年齢差だけを理由に嫌がっているのだと思いこんでいる。それは確かに大きな理由ではあるけれど、それだけならここまで帝に乞《こ》われればもう観念していた。

しかし入内したあとに乙女ではないことがばれてしまえば、伊子のみならず顕充にも、あるいは嵩那にまで累《るい》が及びかねない。

（そうか……。だから宮様も、入内を辞めさせようと躍起《やっき》になっていたのか）

斎院に必死で頼みこんでいた嵩那のことを思いだす。もちろんそんなことになっても嵩那の名を口外するつもりなどない。そもそも入内が取りやめになった女人に言い寄った嵩那に罪はない。もちろんその点で言えば、伊子にだって罪はないのだ。

とつぜん伊子は腹立たしくなってきた。考えてみれば理不尽だ。当時二十歳《はたち》過ぎで夫のない女が恋人を作ったからといって、なぜその過去に罪悪感を持たなければならないのか。

「しかと承《うけたまわ》りました」

きっぱりと伊子は言った。口調ががらりと変わったからか、顕充は驚いた顔で娘を見た。伊子は自分の決意を確認するように、こくりとうなずいた。

「私、主上にお会いいたします」

曲水《きょくすい》の宴《えん》とは、弥生の三日に行う遊宴で『流觴《りゅうしょう》』とも言われている。由来は唐国《もろこし》の禊《みそぎ》の儀式で、庭園に設《しつら》えた曲水の角ごとに参会者が座り、上流から流れてくる盃が自分の前を過ぎないうちに詩歌を作るという催《もよお》しものである。

当日の朝。伊子は朝早くから女房達を使って、開宴のために采配《さいはい》をふるった。舞台となる南庭《だんてい》は寝殿に面した巨大な庭で、薄くたなびく春霞《はるがすみ》のむこうで梅、桃、桜の花々が競うように咲き、あたりを淡い色に染めあげている。形よく植えられた前栽《せんざい》と池のむこうの築《つき》山《やま》の緑は、若々しい萌黄色を呈して花々と共に春の訪れを告げていた。

屋内には御簾の下から女房装束の衣をのぞかせる演出『打出《うちいで》』を広げ、花鳥を描いた軟《ぜ》障《じょう》を吊るすなど宴の室礼《しつらい》に抜かりはなかった。その甲斐《かい》あって訪れる客人達は口々に左大臣家の趣向の見事さを褒め称えていた。御簾内の母屋で様子をうかがっていた伊子は、彼らの反応にほっと胸をなでおろしていた。

「さすが、姫様ですね」

普段の重ね袿とはちがい、唐衣裳《からぎぬも》の正装姿の千草が誇らしげに言う。ちなみに女主人でもある伊子は、淡紫に八藤の紋を織りだした小袿の下に濃き紫の薄様（濃色の上衣から次第に色を薄くしてゆく彩色）を重ねて白の単《ひとえ》をのぞかせるという高雅な装いに身を包んでいる。

帝が到着したのは、昼過ぎのことだった。午前中からはじまった詩歌詠《よ》みはすでに終了しており、すでに御膳《ごぜん》を囲む刻限となっていた。

父・顕充《あきみつ》の案内を受けた青白橡《あおしろつるばみ》の袍《ほう》を着けた帝が簀子《すのこ》に姿を見せると伊子は身を固くした。南廂の階《きざはし》の上にあたる『階隠《はしがくし》の間』には、帝のための御座が設けられている。御簾越しに近づいてくる彼の姿を眺めていると、顔形まではははっきりと分からないまでも、まだほっそりとしたその姿に痛ましいほどの幼気《いたいけ》なものを感じた。

（そうよね。まだ十六歳なのだから）

こうなってくると、ますます入内などとんでもない話である。いったい帝はどの間合いで話をするつもりなのだろう？　気が気ではないので早々に切り出してくれないものかと、顕充に勧められて茵に腰を下ろす帝の姿を見て、そんなことを考えていたときだった。

「姫様」

やや強張《こわば》った声で千草が呼びかけた。彼女の視線の先を追うと、帝の御座所から少し離れた場所に、親王色である濃き紫の束帯を着けた青年が立っていた。御簾があるので顔形ははっきりと分からないが、すらりとした長身から嵩那《たかふゆ》でまちがいなかった。

「よく恥ずかしげもなく、この邸《やしき》にお越しになられたものですわね」

「いや、立場上断れなかっただけだと思うわ……」

忌々《いまいま》しげな千草の言葉に、ぼそりと伊子は答えた。千草は少し不審な顔をする。もちろん伊子には嵩那をかばうつもりはなかった。しかし幼少の頃の帝は、養母の弟である嵩那を兄のように慕っていたのだ。両親を早くに亡くした帝にとって、十三歳上の嵩那は兄や叔父《おじ》に近い存在だったように見受けられた。あの関係を思い出せば、帝がいまだに嵩那を頼りにしていても不思議ではない。それを考えれば今回の行幸に彼が同行しても不思議ではなかった。

帝の登場を受けて、一度中断していた宴が再開された。春の日差しを反射してきらめく池の水面を、竜頭を飾った高瀬舟《たかせぶね》が進んでいる。船上では楽士達による唐楽《からがく》『迦陵頻《かりょうびん》』が奏でられ、冠に桜の花を挿した四人の童が鳥の羽をつけて幻想的な舞を披露している。

その楽の音が止むと、次いでどこからか別の調べが流れてきた。見ると反対の方向から、鷁《げき》を飾った高瀬船が高麗楽《こまがく》『胡蝶《こちょう》』を演奏しながら進んできている。こちらは山吹《やまぶき》の挿頭《かざし》花を付けた四人の童が舞っている。竜の船では唐楽、鷁の船では高麗楽を演奏することがしきたりである。二つの高瀬舟は一度すれちがい、やがて演目を終えた迦陵頻の船が中島の裏へと消えていった。

「これは、なんと見事な」

帝が感嘆の声をあげた。若々しい高めの声だが、あきらかに声変わりをむかえた男のものだった。童の時分しか知らないので、どうしても声と記憶が一致しない。

そのとき一陣の風が吹きつけ、木々の梢《こずえ》を揺らした。ほんのりと紅がかった白い桜の花びらが雪のように舞い上がり、池の水面にはらはらと落ちてゆく。

「まあ、なんと美しい」

「ですが、せっかくの花が……」

御簾のむこうで給仕をしていた女房が残念そうにつぶやくが、母屋にいる伊子にはよく見えなかった。とはいえこの儚《はかな》さも伊子が桜を好まない一因なので、さしたる興味を持つこともなかった。

「大君《おおいきみ》。そちらから、この花吹雪《はなふぶき》はご覧になれますか？」

とつぜん名指しで問いかけられ、伊子はぎょっとする。声はまちがいなく帝のものだった。彼は南庭を眺めながら、背をむけたまま話しかけてきている。他の相手なら千草に代弁させるが、さすがに帝相手にそれはできない。

「は、はい。なんとか……」

適当に言葉を取り繕《つくろ》って答えると、帝は無言になる。いくらなんでも素っ気なかったかと後悔したが、あまりにもとつぜんだったので気の利《き》いた返しが思いつかない。気まずい空気に、帝の隣に座を構える顕充ははらはらしていることだろう。

伊子とて帝が自分と話しに来たことは知っているから、色々と想定問答はしていた。しかし入内という帝の目的を考えれば、彼の意に添うように答えることは避けたかった。

「とても美しい光景です」

「そうですか。ならばぜひ、御所の花吹雪を見においでなさい」

「⁉」

唐突《とうとつ》なうえに率直《そっちょく》すぎる言葉に、これまで想定していた答えが一気に吹っ飛んだ。見兼ねたのか、おそるおそる顕充が口を挟む。

「主上《おかみ》、娘は……」

「恐れながら、私は桜はあまり好みませぬ」

思いがけず大きな声が出たことに自分でも驚く。しかも帝に花見を招待されてこの断り方は、あまりにも礼儀を欠いている。御簾の内も外も、とうぜんざわつきはじめた。

「ひ、姫様……」

千草が小袿《こうちぎ》の袖《そで》を引くが、言ってしまった言葉はもうどうしようもない。しかし帝は、いらだったようすもなく問うた。

「桜が嫌い？　それは珍しい。いったいなぜですか？」

「散ってしまったら終わりだからです。梅や桃、それに杏《あんず》もですが、これらは花が散ったあとにきっちりと有用な実をつけます。されど桜はもっとも美しい盛りを終えてしまうと、あとは生きる価値もないとばかりに散ってしまうではありませぬか」

「それが潔《いさぎよ》くて良いと思うのですが」

「それは主上が盛りの花どころか、まだ開きはじめた蕾《つぼみ》のように本当にお若くて、私のようにすでに花を散らした年増《としま》の気持ちをご理解できないからですわ」

冗談めかした物言いの中に、伊子は牽制《けんせい》を含ませた。同時にその言葉は、廂にいる嵩那にも聞かせるつもりで言ったものだった。いまさらとやかく恨み言を言うつもりはないが、自分の仕打ちを覚えているのなら、少しは心の痛みを感じて欲しいと思った。

どう受け止めたのか、一拍置いてから帝は声をたてて笑いだした。牽制が通じなかったのかと複雑な気持ちになったとき、おもむろに帝が告げた。

「それほど女御に抵抗があると仰《おつしや》るのなら、尚侍《ないしのかみ》としておいでなさい」

横面《よこつら》を張られたような衝撃を受けた。尚侍とは内侍司《ないしのつかさ》の女官のことで、摂関《せつかん》や大臣の娘が叙《じょ》せられる高位の存在である。伊子が入内を拒否した表向きの理由は、夫婦として帝との年齢差を嫌ったからだ。だから尚侍として出仕を要請されれば、断る理由は無くなってしまう。しかし帝のそば近くに仕える尚侍は、場合によっては寵を受けることもあり、近年では妃に近い存在にもなっていたのだ。

(そうきたか……)

伊子は膝の上で指を握りしめた。人目がある場所で正面切って帝の要請を断ることはできない。ここは曖昧《あいまい》にぼかして、あとで対策を講じることが得策だろう。この展開をはたして顕充は、そして嵩那はどのように考えているのか。伊子は帝を挟んで、それぞれ左右にいる二人の反応をうかがおうとしたのだが——。

「大君」

帝の呼びかけに、伊子は思考を打ち切られた。ぎょっとした。先ほどまで背をむけていたはずの帝が、御簾を挟んでいつのまにかこちらにむき直っていたからだ。

もとより貴族の娘の常として、端近《はしぢか》には出ていなかった。にもかかわらず、顔もはっきり分からない帝の痛いほどの強い視線を肌で感じる。

水面をただよう高瀬舟上の胡蝶《こちょう》の舞など、もはや誰も注視していなかった。機械的に流れる高麗楽を聞き流しながら、皆が固唾《かたず》を呑《の》んで帝の次の言葉を待っていた。

「覚えていらっしゃいますか？　斎院御所《さいいんごしょ》でお会いしたとき、あなたはよく市井《しせい》や地方に伝わる昔話や説話を私に教えてくださった」

伊子は思い出した。言うまでもなく愛読している説話集である。子供にはきっと面白い話だと思って読み聞かせ、ある時期からは帝が自身で読むようになっていたのだ。とはいえ御所に持ち込むには憚《はばか》りがありそうな俗《ぞく》っぽい内容なので、読む場所は斎院御所に限られていたのだが。

「姫様、あんな俗な本を東宮様にお教えになられたのですか」

千草の声音《こわね》が冷たくなった。

「文章博士《もんじょうはかせ》が教える漢詩や儒教《じゅきょう》の本に辟易《へきえき》していた私にとって、あなたの話を聞くことは夢のように楽しい時間でした」

帝の告白に伊子は困惑する。気軽な気持ちでしたことが、思いがけず印象深く残っていたようだ。子供であれば楽しい話のほうが喜ぶだろうと、ただそれだけの単純な思いつきでしたことだったのに。

「だけどそれだけではない。覚えておられますか？　あなたが教えてくださった伯耆《ほうき》の国の米盗人《こめぬすびと》の話を」

「……覚えております」

一瞬首を傾《かし》げはしたが、思いだすのに時間はかからなかった。それは飢饉《ききん》のおり、そうとは知らず空《から》っぽの米蔵に盗みに入り、なにも盗《と》らなかったのに掟《おきて》により処刑されてしまった哀れな男の話だった。

帝はこくりとうなずいた。

「あの話を聞いたとき、私は思いました。正しいからといって、かならずしも情け深いわけではないのだと。正しいことを貫いても誰一人幸せになれないこともあるのだと。もしも伯耆の国の国司《こくし》に少しでもズルをする勇気があったのなら、民を飢えさせた原因がどこにあるのかを分かっていたのなら、あの哀れな男は処刑されなかったでしょう」

淡々と語りつづける帝にふと伊子は、ひょっとして亡くなった先帝を指しているのではと思った。気性が激しかった先帝は、意に添わぬことには時として容赦《ようしゃ》ない苛烈《かれつ》な処分を下していたと評判だった。同時に伊子は、この少年帝の思慮《しりょ》深さと慈悲《じひ》深さ、そしてある意味での老獪《ろうかい》さに舌を巻いた。

「ご幼少の頃より私の拙《つたな》い話をそこまで深くお考え下さるとは、主上はまさしくあまねく人々の上に立つお方でございますね」

「あの時から私はずっと、あなたのような視野の広い女人がそばに居てくれたら、帝となったときどんなに心強いだろうと思っていました」

「……………」

「あの頃は元服《げんぷく》前でしたから、私達の間にこの煩《わずら》わしい御簾《みす》もなかった。そしてあのときのあなたは、美しく聡明で、明朗で優しかった」

いったい誰のことを言っているのかと心の中で悲鳴をあげていると、千草がぼそりと「思い出って美化されやすいですからね」と突っ込んだ。どういう意味だと怒るより、本当にその通りだと同意してしまう。なんとか帝の思いこみを解消しなければと焦りまくっていたときだった。

「あなたは私の初恋の女人です」

きっぱりと告げられた言葉に、伊子は手にしていた檜扇《ひおうぎ》を落としそうになった。しかし先にがたんという音がして、我に返った伊子は檜扇を握り直した。

「し、失礼を……」

狼狽《ろうばい》した声をあげたのは嵩那だった。御簾のむこうで、濃き紫の束帯《そくたい》がぎこちなく動いている。ふっと気持ちが覚め、伊子は冷静になった。

（私との関係が帝に知られたら、この人も立つ瀬がないものね）

そりゃあ慌てるわと冷ややかに思ったあと、開き直ったように気持ちが落ちついた。いずれにしろ、帝にここまで公然と言われたら断ることはできない。それに考えようによっては、女御ではなく尚侍ならまだ余裕がある。

「……姫様？」

急に落ちつきを取り戻した伊子に、千草が不安と懸念《けねん》を交えた眼差《まなざ》しをむける。伊子はちらりと顕充に目をむけた。御簾越しに見える黒い束帯姿は、やはり前よりさらに背中が丸くなっている気がする。顕充が帝の要求を固辞したのは伊子の気持ちを慮《おもんぱか》ったからで、彼自身が入内《じゅだい》を拒《こば》んでいるわけではない。自身の負い目から拒否する伊子や嵩那とはちがっている。それどころか本来であれば、公卿《くぎょう》にとって娘の入内は悲願でさえあるのだ。

ならばここで一度承《うけたまわ》っておいて、帝から拒絶する形にすれば顕充に迷惑はかからない。むしろ貸しを作った形にすらなるだろう。どうやら帝は少年のときの想い出を異様に美化しているようだから、尚侍として現在の三十二歳の姿を見せれば、十六歳という年齢差の現実を思い知らされるにちがいない。

きっぱりと腹をくくると、伊子は静かに告げた。

「なにごとも、どうぞ御心のままに」

日が落ちはじめると、燈籠《とうろう》に火が点され、庭には赤々とした篝火《かがりび》が焚《た》かれだした。客人達はすっかり酔いが回り、女房達もほろ酔い気分になっている。そんな中で伊子はすっと立ち上がった。

「姫様、お戻りになられますか？」

名人と呼ばれる公達《きんだち》の笛の音に耳を傾けていた千草が、目ざとく気づいて尋ねる。伊子の居室である北の対は、寝殿とは南北に渡殿《わたどの》でつながっている。

「ええ。朝から働いていたから、なんだかもう眠くなってきちゃった」

「そうですよね。それにお酒もわりときこし召しておいでしたから」

「久しぶりだったからね」

苦笑交じりに伊子は言ったが、おそらく自棄酒《やけざけ》の部分も大きかったと思う。自分も立ち上がろうとする千草に伊子は「楽しんでいていいから」と言う。そうして身をかがめてから、まわりに聞こえないようにそっと耳打ちをする。

「式部　卿　宮様《しきぶのきょうのみやさま》に、あとで北の対に来ていただくようにお伝えして」

大殿油《おおとのあぶら》から聞こえてくるちりちりと灯心の焦げる音に、衣擦《きぬず》れと床を踏む足音が重なった。伊子はゆっくりと深呼吸をして廂に目をむける。御簾が下りた先に、嵩那の束帯姿が影として浮かび上がる。その後ろから、少し距離を取って千草が付いてきていた。

「私をお呼びだとか……」

戸惑いがちに嵩那が言う。

「どうぞ、お座りください」

伊子は廂に置いた茵を指し示した。この暗さで、しかも御簾を隔てた中で伊子の動きが見えたのかどうかは不明だが、嵩那は素直に茵に腰を下ろした。その瞬間、ふわりと香の薫《かお》りが鼻先をかすめた。さほど強く焚き染めているわけではないようで、はっきりと断定できないがおそらく黒方《くろぼう》だろう。

(香を変えたんだ……)

十年前の嵩那は、荷葉《かよう》を使っていた。蓮《はす》の薫りに似せた香とされている。夏の花に由縁《ゆえん》を持つ薫りは、あの頃の快活で素直な気性の嵩那には似合っていた。対して落ちついた深みのある黒方の香は、二十九歳となったいまの彼にはふさわしいように思う。

「おや？」

嵩那は低くつぶやいた。

「香を変えられたのですか？」

自分の心を読まれたのかと思った。

「いえ。特に――」

伊子が愛用している香は、もうずっと同じ物である。しかし否定しかけて、ふと思いついた。そういえば数年前に少し配合を変えていた。季節にもよるが左大臣家に伝わる調合は竜脳《りゅうのう》の香りが強めで性に合わず、思いきって減らしてみたのだ。

とはいえ、それはおそらく些細《ささい》な変化だったはずだ。

「合わせを少し変えました。ですが、よく覚えていらっしゃいましたね」

「――忘れませんよ」

しぼりだすように嵩那は言った。それが恨みがましいような声音に聞こえ、伊子は眉《まゆ》を寄せる。

だがすぐに思い直した。気のせいに決まっている。別れた経緯を思い出せば、こちらが恨みこそすれ、嵩那から恨まれる筋合いはない。

「わざわざおよび立てして申し訳ございません。実はこのたびの帝からのご要請にかんしてお耳に入れておきたいことが――」

「お受けになられるのですか？」

驚いたように嵩那は言った。

「主上からあそこまで言われれば、もはやお断りはできませぬ」

「………」

嵩那は黙りこんだ。

「あくまでも尚侍としてです。私もそのつもりでお仕えする所存です」

実際には尚侍という立場が非常に曖昧《あいまい》なものであることはもちろん知っている。しかし女御として求められていたところを妥協《だきょう》させたのだから、このうえ断ることはできなかった。

「ご安心ください。私はあなたとのことを主上に申しあげるつもりはございません」

ともすれば冷ややかとも取れるほど、落ちつきはらって伊子は告げた。この一言を告げるために、千草に言ってわざわざ彼を呼び寄せたのだ。

出仕後、仮に過去に恋人がいたことを告白することになったとしても、嵩那の名前はけして出さない。別に彼をかばうためではなく、あの時点では伊子も嵩那も後ろ指をさされるような真似《まね》をしていないからだ。しかし嵩那の名が公《おおやけ》になれば、窮地《きゅうち》とまでは言わずとも彼は御所で居心地が悪くなるだろう。それはさすがに気の毒である。確かに嵩那に対する怒りや恨みはあるが、こんな形で報復をするつもりはなかった。

「え？」

嵩那は不意打ちを食らったような声をあげたが、かまわず伊子はつづけた。

「もっともそんなことになる前に、主上も御所でいまの年老いた私の姿をご覧になられたら、きっと目をお覚ましになるとは思います。なんと申しましてもまだ幼気《いたいけ》な方ですので、女人が歳《とし》を取るということをよく理解していらっしゃらないのだと思いますわ」

「いえ、おきれいでしたよ」

予想外の嵩那の言葉に伊子は固まった。おためごかしや、その場を取り繕《つくろ》うためのものではなく、なんの作為もない本心から出たような声音だった。

「え？」

「先日、斎院御所でお会いしたときに思いました。お若い時分よりずっと洗練されたと」

「か、懐紙《かいし》をぶつけたのに？」

「……それは、また別問題ですが」

ぎこちなく嵩那は答えた。伊子のほうもどう返事をしてよいのか分からず、もじもじと膝の上で手を動かすしかできない。

なんだこれは？　いったいどういうことだ？　想像していた展開と全然違っている。嵩那の名前を出すつもりはないとだけ告げて、それで安心させて終わるつもりだったのに。

（十年前は年増《としま》扱いをしたくせに、三十路《みそじ》過ぎてその言葉ってなんなの!?）

あのときの小野小町の歌と、いま嵩那の口から出た言葉との間に齟齬《そご》があり過ぎて混乱してしまう。そうだ。いまさらそんなおべっかを言われて喜べるはずがない。伊子はぎゅっと唇を噛《か》んだ。

「ありがとうございます。ですが二十九歳の宮様と十六歳の主上とでは、女人に対する基準がまったくちがっているものと存じますわ。現に宮様とて十年前の若い時分には、私に小野小町の歌をよこしたではありませんか」

わりと率直に伊子は皮肉を言った。しかし嵩那は返事をしない。しらばっくれるつもりかと伊子はさらに追及する。

「ご記憶にないのですか？」

「いえ、覚えておりますが………」

ようやく嵩那は口を開いた。戸惑いはしているが、悪びれたようすはまったくない。伊子はいらっとして、いっそう険のある口調で言う。

「十九歳の宮様には、三つ上の女は色褪《いろあ》せた花に見えたのではありませんか？」

これ以上ないほど直接的に言ってやったから、もはやしらばくれることなどできないだろう。そんな思いから伊子は御簾の先をにらみつける。沈黙が流れる。大殿油の炎がゆらりと動き、嵩那の影を揺らした。

「――――え？」

恐ろしく間の抜けた嵩那の声音に、伊子は脇息《きょうそく》から肘を落としそうになった。

「あの歌から、なぜそんなことになるのですか？」

「は？」

今度は伊子が間の抜けた声をあげた。そのまま二人はたがいに無言のままでいた。

（え、どういうこと？）

なにかがずれている。いや、ずれなどではなく根本的になにかを違《たが》えている気がした。だがそれがなんであるのかが、とっさに判断できない。

「宮様」

見かねたように呼びかけたのは千草だった。伊子はひどく混乱して、事態を整理するための言葉を完全に選びかねていた。

「あの、花の色はうつりにけりな～の歌を、どのような意味に解されておいでですか？」

そうだ、それだ。千草の問いに思わず伊子は手を握った。もしかしたら大変な誤解をしていたのかもしれない。嵩那は容姿は言うに及ばず、紀伝道も管弦の演奏も人より優れているが、和歌の才だけは信じられないほどに残念だった。だからこそ自分で作った歌ではなく、往年の名歌を引用したのだろうが――。

「年月は桜のようにあっという間に過ぎるから、いたずら（無駄）に過ごしている暇はないぞという意味だろう？」

わりとためらいなく断言されて、伊子はぼう然となった。

確かにそういう解釈もできないことはない。だとしても諦観《ていかん》や後悔のほうが強くて、そんな前向きな意味ではないはずだ。そもそも来世の往生《おうじょう》を宿願とする仏教の思想が主流になっているご時世に、そんな意味で歌を詠《よ》む歌人は少ないのではと思うのだが。

（小野小町の時代がどうだったのか、よく知らないけど……）

だが嵩那がそう思っていたとしたら、彼の文に記された和歌はまったくちがう意味になってくるのではないだろうか？　伊子はごくりと息を呑《の》み、おそるおそる尋ねた。

「宮様は、なぜあの歌を文に記されたのですか？」

嵩那は答えに窮《きゅう》したように黙りこんだ。そうしてしばしの間のあと、ぎこちなく彼は切り出した。

「あなたのような身分の方との関係を、いつまでも内密のままつづけるわけにもいきませんので、このあたりでけじめをつけなければと思ったからです」

「けじめ？」

「左大臣殿に挨拶《あいさつ》をして、きちんと露顕《ところあらわし》の式を済ませるべきだと思ったのです。ですがあの文を記したあと、行触《いきぶれ》に物忌《ものい》みがつづいてしまって訪ねることができなくな――」

嵩那が言い終わらないうちに、伊子は脇息からすべり落ちた。ものすごい音がしたのは身体《からだ》を打ったからではなく、脇息が転がって床にぶつかったからである。伊子自身はすかさず手をついたので無事だった。

（ちょ、こ、こんなことってある？）

露顕とは結婚の儀式のことで、これを行うことで恋人達は正式に夫婦として認められるのである。嵩那はその決意を固めていた直後に、出先で死穢《しえ》に出くわして足止めをくらう行触と、それにつづく物忌みで伊子のもとに来られなくなったというのだ。それを伊子はてっきり年上の恋人を厭《いと》って足が遠のいたものだと誤解してしまっていた。しかもそのあとに届いた文を、腹をたてて読まずに火にくべてしまった――。

「大君、どうなされたのですか⁉」

「姫様！」

御簾のむこうで嵩那と千草が声をあげる。しかし伊子はあまりの衝撃に一言も言葉を発せずにいた。では、なにもかも自分の勘違いだったというのだろうか？　確かに世間一般の常識で考えれば、嵩那の歌の使い方には大いには問題がある。しかしよく確認もせず彼に門前払いをくらわしてしまったのは、まちがいなく自分の落ち度である。

（ちょっと待って……）

がっくりと伊子が項垂《うなだ》れていると、ばさりと音をたてて御簾がまくれあがった。

「大君、大丈夫ですか！」

焦った声で飛びこんできたのは嵩那だった。許しもなく御簾内に入るなど、普通ならけしてしない行為だろうが、伊子が倒れでもしたと勘違いしたようだ。後ろから千草が困惑しきりの表情でついてきていた。多分彼女は、ある程度のことは察している。

嵩那は、床に伏せもせずに呆《ほう》けたように座っている伊子に拍子抜けした顔をする。

「大君？」

「――すみません。私の誤解でした！」

とつぜん額を床に擦り付けるようにして頭を下げた伊子に、嵩那はなにが起きたのかという顔になった。そんな二人を見比べた千草は、途方にくれたようにため息をついた。


「なるほど、そういうことだったのですか」

一部始終を聞き終えたあと、嵩那はしみじみと漏《も》らした。いまさら御簾のむこうに戻ってもらうわけにもいかず、千草が用意した几帳《きちょう》を隔てて二人は話をしていた。

「本当に申し訳ありません」

もはや伊子はそれしか言えなかった。自分の早合点《はやがてん》から嵩那にひどい仕打ちをしてしまったのだ。きっと当時の嵩那は、なんのことだか分からないまま失意の日々を過ごしていたことだろう。穴があったら入りたいとは、まさしくこのことだ。

「式部卿宮様。乳姉妹《ちきょうだい》として私からもお詫《わ》びいたします。私が当時付いておりましたら、このような誤解はそのままにはしておきませんでしたのに、あいにく三人目の子供の出産と二人目の夫との離婚が重なってしまいまして――」

千草が余計な情報まで暴露しつつも、一緒に謝罪してくれる。やはり乳姉妹はありがたい。確かに千草がいたのなら、どこかで誤解が解けて、いまとは違った事態になっていたのかもしれない。

（最低過ぎる、私）

この世から消えてしまいたいぐらいの気持ちでへこんでいると、まるで励《はげ》ますように嵩那が言った。

「まあ、なんですか。もともと私が自分で歌を詠んでいたら、こんな結果にはならなかったわけですから」

言われてみればそういう部分もあるのかもしれないが、小野小町の和歌の使い方を考えれば、たとえ自作のものでも誤解を招きかねない一首をよこしていた気がする。とはいえ怒る前に本人に確認することをしなかった自分がどう考えても一番悪い。

しかもかえって心苦しいのが、真相を知った嵩那が一切伊子を非難してこないことだ。信じられないほど鷹揚《おうよう》な態度である。

「でも良かった。出仕の前に誤解が解けて」

すっかり安堵した声音に、伊子は申し訳ないように身をすくめてうなずく。とはいえ几帳を隔てているから、嵩那にそのさまは見えなかったのだろうが。

「このままで出仕なされたら、御所でお会いしたとき、どのようにお話ししようかと心配していました」

「はあ……」

「でもこれで、御所でお会いしても以前のようにお話ができますね」

伊子は驚きに目を見開き、思わず身を乗り出す。すると几帳のほころび（帳《とばり》にもうけた風穴）から、驚くほど楽しげな嵩那の笑顔が見えた。胸がとくんとなる。まさに十年ぶりに覚えたときめきである。伊子は猛烈に焦った。なんだこれは？　いったいどういうことだ。三十路《みそじ》を過ぎた色褪《いろあ》せた桜のくせに、なにを乙女《おとめ》のようにときめいているのだ。

「宮様、そろそろ宴にお戻りにならないと」

遠慮《えんりょ》がちに千草が促した。南側の寝殿からは人々の笑い声や管弦の音色が、春の夜風に乗せられて流れてくる。宴の席をあまり長く空けては、不審に思う者も出てくるだろう。

「では、本日はこれでお暇《いとま》いたします。またお会いしましょう」

几帳の上に、立ち上がった嵩那の姿が見えた。伊子はあわてて檜扇を顔にかざす。色々と複雑な感情がからみあって、扇越しにも嵩那の顔を見ていられなかった。

「そうそう」

伏せ目がちに扇の柄を眺める伊子に思いだしたように嵩那は切りだした。

「鴻臚館《こうろかん》の高麗人《こまびと》から聞いたのですが、唐土《もろこし》やその先の地には、美味な果実をつける桜もあるそうですよ」

出仕のための仕度《したく》が着々と進められている中、伊子のもとに文が届いた。薄紫の桐の花が開いた小枝に、美しい料紙《りょうし》が結ばれている。釣鐘《つりがね》型の高貴な花は、卯月《うづき》の更衣《こうい》の頃に盛りをむかえる初夏の訪れを告げる花である。弥生《やよい》の下旬《げじゅん》のこの時期であれば、そろそろ開きはじめるだろう。

定期的に文のやりとりをしている斎院からかと思ったあと、ふと嵩那の顔が思い浮かんだ。

（な、なにを考えているの。私）

現状で帝の意中となっている女に、堂々と文を寄越す大胆《だいたん》な男などいるはずがない。そんなあたり前のことを言い聞かせながら、伊子は文を解き、もどかしげに広げた。

驚くほど達者な筆跡に覚えはなかった。しかしざっと一読した伊子は、たちまち表情を強張《こわば》らせた。

『貴女様《あなたさま》の昔のことは、とうに存じ上げております。ゆめゆめご油断なきよう、心しておいでなさいませ――美福門《びふくもん》より』

第二話 悪くはないが、もう少し考えてみよう

卯月《うげつ》吉日の夜。左大臣《さだいじん》の一の姫・藤原伊子《ふじわらのかのこ》はついに参内《さんだい》した。三十二歳での尚侍《ないしのかみ》としての出仕は、伊子の入内《じゅだい》を希望する帝《みかど》と、女のほうが十六歳年長であることを理由に断りつづけた左大臣側との、まさに折衷案《せっちゅうあん》だった。

夏の更衣《こうい》を済ませたばかりの御所は涼《すず》しげに彩られており、御帳台《みちょうだい》や几帳《きちょう》の帷子《かたびら》は練絹《ねりぎぬ》から透け感のある生絹に変わり、女房達もその装《よそお》いに卯の花や桔梗《ききょう》等の夏のかさねを用いるようになっていた。

上弦《じょうげん》の月の明かりに照らされた簀子縁《すのこえん》を、正装の唐衣裳《からぎぬも》に身を包んだ伊子は多数の女房に囲まれて進む。二重織物《ふたえおりもの》の紅の唐衣は、高位の地位にある上臈《じょうろう》にしか許されない禁色である。宮中に仕える女房は、上から大まかに上臈、中臈《ちゅうろう》、下臈《げろう》の身分に分けられる。背中から裾《すそ》へと広がる裳は綾織物で、こちらも上臈にしか許されない素材だった。そんな選民意識丸出しの衣装に、御所に仕える女房達は羨望《せんぼう》の眼差《まなざ》しをむけてくる。

「ご覧になられた？　あの許《ゆる》し色の染めの鮮やかなこと」

「それに、なんというお付きの数」

「さすが左大臣の姫様」

「まこと、女御《にょうご》にも勝る華やかさですこと」

「こう申してはなんでございますが、王女御《おうのにょうご》様の参内時より華やかでは……」

「そりゃあ、あちら様は後ろ盾も乏《とぼ》しゅうございますからねえ」

「されど紋様やかさねの御色は大人しめですわね」

「まあ開きかけた蕾《つぼみ》のような初々《ういうい》しい装いは、さすがにできないでしょうから」

御簾《みす》のむこうから、女房達のひそひそ声が聞こえてくる。妃《きさき》もどきの派手な参内と高齢を皮肉った言い回しもあったが、伊子には耳をそばだてる余裕などなかった。

「重い……」

渡殿《わたどの》にあがったところで、ついに耐えかねて伊子は不満を漏《も》らした。つき従っていた千《ち》草《ぐさ》が、なだめるように言う。

「承香殿《しょうきょうでん》にお入りになりましたら、すぐにお召しかえいただけますよ」

今回の出仕にあたり伊子が賜《たまわ》った殿舎が承香殿で、今宵《こよい》よりそこで寝起きをすることになっている。伊子はかざしていた夏の扇《おうぎ》、蝙蝠《かわほり》をずらして涼しい顔をする乳姉妹《ちきょうだい》を見た。

「どうして千草は平気なのよ？」

「私はたまに唐衣裳を着ておりましたから。されど姫様は、もう長いことお召しではありませんでしたものね」

つまり不慣れだから辛《つら》いという言い分だ。確かに正装である唐衣裳とは十年以上ご無沙《ぶさ》汰《た》だった。というのも左大臣家の姫である伊子は正装で外出する機会などまずなかったし、自邸での催《もよお》し物では小袿《こうちぎ》を着用していたからだ。略装である小袿は、女主人にのみ許される晴れ装束《しょうぞく》だった。

「それに姫様のお衣装は、私どもの平絹とちがって綾織物だから、よけいに重いのだと思いますよ」

千草の意見にそういう要素もあるのかと、あらためてげんなりする。同じ唐衣裳でも、中臈以下の者は平絹の生地しか許されていない。とうぜん二重織物のように美しい紋や綾は出せないが、そのぶん生地が薄くて軽くなる。

「夏の衣装でこれじゃあ、もっと厚手になる冬は大丈夫かしら……」

「そのうち慣れますって。今日は緊張されていることもあると思いますよ」

軽くいなすように千草が言ったとき、先導役の女房がぴたりと歩みを止めた。彼女は左大臣家の者ではなく、後宮の機関である内侍司《ないしのつかさ》の女房である。後宮には女房と呼ばれる人達は多数いるが、内侍司の女官となる女房と、妃や上臈等身分の高い女人《にょにん》のために彼女らの実家が付けた女房の二種類がある。この場合、先導役の女房は前者で千草などは後者にあたる。

「なにごとですか？」

千草の問いに、女房は背をむけたままひそめた声で答えた。

「藤壺《ふじつぼ》女御《にょうご》様が……」

「え？」

驚きの声をあげたのは千草だった。伊子は蝙蝠の内側で表情を硬くした。見ると前方から、あたかもこちらにむかってくるかのように複数の女房が列を作っている。

「道をあけていただけますか？　女御様がお通りになられます」

相手側の女房の高飛車《たかびしゃ》な物言いに、千草がむっとした顔になった。内侍司の女房が助けを求めるようにこちらを見る。すると伊子はなにも言っていないのに、勇んだ千草がぐいっと前に進み出た。

「此方《こなた》は左大臣の大姫であらせられますが、よくよくご承知のうえでそのように仰《おお》せですか？」

「此方こそ、主上《おかみ》の女御様ですぞ。右大臣家の中の君である」

千草の詰問に負けじと、挑むように藤壺側の女房は応じる。双方の対立にはねのけられた形になった内侍司の女房は傍《かたわ》らでおろおろと立ち尽くしている。しかし女房達はたがいに譲《ゆず》る気配もなく、ばちばちと火花を散らしあう。

（あ〜、どうしようか……）

渡殿に立ち込める不穏な空気に、伊子は思い悩む。本音を言えば通路を譲るぐらいどうでもよかったのだが、ここであっさり引いてしまっては千草の面目が丸つぶれである。

そのときひときわ華やいだ、そして甲高《かんだか》い声が響いた。

「もちろん、左大臣家の大姫様のことは私も存じておる。確か新しい尚侍として参内なされたはず」

「女御様!?」

「藤壺様」

藤壺側から女房達を押しのけて、撫子《なでしこ》の重《かさね》の小袿を羽織《はお》った若い女人が歩み出てきた。装いから考えて、彼女が藤壺女御・藤原桐子《ひさこ》であることはまちがいなかった。そしてその身分の相手に出てこられては、もはや千草では太刀打《たちう》ちできない。

(しかたがない)

内心でうんざりしながら、伊子は蝙蝠を顔の前にかざしたまま進み出た。対して桐子は手を下して完全に顔をさらしている。女御という高貴な女人としてはいかがなものかと思うふるまいだが、だからこそはちきれんばかりの若さとそれに伴《ともな》う傲岸《ごうがん》で危うい魅力を放っているようにも見えた。

一見して勝気だと分かる桐子にかんして、伊子は気がかりなことがあった。

先日自邸に届いた、桐の枝に結ばれた文である。あの文に記された〝昔のこと〟が嵩那《たかふゆ》とのことを指しているとしたら、出仕を前にしての脅迫《きょうはく》としか思えなかった。そして入内の折衷案として求められたこの出仕を面白く思わない人物は限られている。

帝の妃は、もちろんその中の一人だ。

桐子はまるでにらみつけるように伊子を凝視してきた。それは十四歳も年長の女に対して自分の若さを誇示しているようにも、あるいは相手のアラを探そうとしているようにも見えた。

（別にそんなにムキにならなくても、三十二歳の女が十八歳の娘に肌で勝てるところなんてないんだから、もっとでーんと構えていなさいよ）

ため息をつきたい思いを堪《こら》えて、伊子は口を開いた。

「女御様の仰せのとおりでございます。私は明日より正式に尚侍として叙《じょ》せられる予定となっております」

「されど主上のまことの思《おぼ》し召しは、大姫様の入内を念願されているとお聞きしておりますが」

いきなり核心的なことをつかれて、伊子はとっさに返答をすることができなかった。蝙蝠の裏で言葉を探していると、桐子はほころびはじめた紅梅のような唇を持ちあげて意地悪く微笑《ほほえ》んだ。

「恐れ多いことでございますが、私は主上のお気持ちが分かるような気が致しますの。主上はまだ幼気《いたいけ》なうちにご母堂《ぼどう》を亡くされておいでですから、寂しさをずっと抱えておられたのだと思います。きっと大姫様に母上の面影《おもかげ》を重ねられたのでしょう」

「…………」

「それに比べて私など年上とはいえ、せいぜい二歳程度。主上とほとんど変わらぬ歳《とし》でございますから、とても母親のようにはふるまえませぬ。こうなると自分の若さが恨めしいというか、大姫様のご高齢が羨《うらや》ましいというのか」

伊子は蝙蝠をかざし、ぴくぴくと引きつる口許《くちもと》をなんとか隠した。もちろん母親に近い年齢であることは否定しない。こんな年齢差の女に入内を要請するなど、帝も常軌を逸していると伊子自身も思っていた。

しかし自分で思うのと他人に言われるのはまったく別である。

（こ、この小娘。いつか絶対呪詛《じゅそ》してやる！）

などと物騒なことを妄想して、伊子は怒りを紛《まぎ》らわせようとした。実際そんなことをしたら大罪だし、そもそも呪詛は自分に返ってくるものらしいのでできるわけもない。まずは冷静な頭になってなんらかの反撃を考えなければ、このまま引き下がっては女房達の手前しめしがつかない。伊子はふっと息を吐き、感情を沈めた。

「まことに。主上がそのように私のことを頼りにしてくださっているのでしたら、少しでもお力になれるように心よりお仕えしとうございますわ」

やけに朗《ほが》らかに応じた伊子に、桐子は不審げな表情をする。女童《めのわらめ》でもあるまいし泣いて逃げだすような可愛《かわい》い反応を示すとでも思っていたのだろうか。しかし十八歳の小娘相手に三十過ぎの女がそれでは失笑される。

伊子はにっこりと笑みを浮かべると、傍らに立っていた千草に命じた。

「道をお開けなさい」

千草の顔に露骨に不満の色が浮かぶ。伊子は見ていなさいと目配せで合図し、ふたたび桐子にと視線を動かす。

「こちらに足を運ばれておいでだということは、桐壺《きりつぼ》か梨壺《なしつぼ》にお行きになられるところでしょうか？」

伊子は自分達が来た方向を指し示した。桐子達がこのまま進行方向に進むと、別の渡殿を通じて梨壺と桐壺の殿舎がある。主上の住まう清涼殿《せいりょうでん》は藤壺とは別の渡殿と一本でつながっているので、通常であれば桐子がこの渡殿を通る理由はなかった。そのうえでこんな時間にわざわざ出てきたのなら、伊子がこの刻限にここを通ることを知ったうえで嫌がらせのために出向いたということが考えられる。

（上等じゃない。ならこっちも遠慮《えんりょ》はしないからね）

伊子は蝙蝠の上からのぞかせた目だけで、にっこりと微笑みかける。

「ということは、もしや桐壺で桐の花が咲きましたか？　それとも梨壺ではまだ梨花が残っているのでしょうか？　ならば私もぜひ見てみたいものですわ。もし女御様に今宵《こよい》のご予定がないようでしたら、お近づきの印にご一緒させていただいて宜《よろ》しいでしょうか？　もちろん今宵のご都合が悪ければ、明日でも明後日の夜にでも」

この刻限に嫌がらせのためにわざわざここまで出てきているというのなら、主上のお召しがないということである。それもたまたま今宵だけということでもないのだろう。頻繁《ひんぱん》にお召しがあるほど寵愛《ちょうあい》深い妃ならば、十四歳も年長の妃にもなっていない女に、こんな子供じみた嫌がらせなどするはずがないのだ。

あんのじょう桐子は顔を引きつらせた。図星かと内心で快哉《かいさい》を叫びつつ、もうひと押しのつもりで口を開く。

「よろしければ弘徽殿《こきでん》の御方にもお声をおかけいたしませんか？　もちろんあちら様にも夜のご予定がないということであればのお話ですけど」

事前に聞いた後宮の情報によれば、帝は美貌《びぼう》に恵まれ後ろ盾も強固な桐子より、四年前に亡くなった兵部卿宮《ひょうぶきょうのみや》の姫で、弘徽殿を賜《たまわ》る王女御のほうを頻繁にお召しになっているという噂《うわさ》だった。王女御は有力な後ろ盾もないからかあまり情報はなかったのだが、帝の元服《げんぷく》とあわせるように父宮の喪《も》が明けてすぐに入内したというから、元服の夜に添い寝をする妃、いわゆる添臥《そいぶし》役だったのだろう。十六歳の今上《きんじょう》にふさわしい言葉ではないが、言ってみれば桐子は古女房相手に後塵《こうじん》を拝しているということになる。しかしそれほど寵愛している妃がいるのなら、なにも三十二歳の女に執着せずともと思いはするのだが。

結構な当てこすりに桐子は顔を青ざめさせた。屈辱《くつじょく》のあまりなのか、蝙蝠を持つ手がぶるぶると震えだす。伊子は小気味よい思いでその様子を一瞥《いちべつ》する。

（姥《うば》を馬鹿にするんじゃないわよ。肌は衰えても知恵はまだ衰えてないんだからね！）

伊子の優勢を見て、千草達がわざとらしく通路を開ける。

「さあどうぞ、お進みくださいませ」

しかも笑顔を浮かべて勧める、厭味《いやみ》の念の入れようだ。あのように言った手前、藤壺側もいまさら自分達の殿舎には引き返せまい。藤壺の女房達は不安げに主人の反応をうかがうが、桐子がものすごい目で伊子を睨《にら》みつけるばかりなので、身動きが取れずに困り果てているようだった。

二組の女房達がむきあったまま、じりじりと時間ばかりが無駄に過ぎてゆく。はじめこそ悦《えつ》に入《い》っていた伊子も、そのうちこの膠着《こうちゃく》した状態にどうケリをつけるかを悩みはじめた。

（どうしよう。このままじゃ埒《らち》があかない）

あるいはいい気になって、かえって自分の首を絞《し》めてしまったのではないか？　そんなふうに疑問に思ったとき、背後でかたりと床を踏む音が響いた。

「これは、これはなんと艶《あで》やかな光景でしょう。牡丹《ぼたん》と芍薬《しゃくやく》が一度に開いたのかと」

聞き覚えのある声にまさかと思って後ろを見ると、あんのじょう少し先に濃き紫の束帯をつけた嵩那がいた。

「ま、まあ、式部卿宮様《しきぶのきょうのみやさま》よ」

「あいかわらず、なんとお美しい」

女房達が言うように、篝火《かがりび》に照らされた嵩那の立ち姿は、夜の池のほとりに咲く杜若《かきつばた》を思わせる美貌だった。以前から顔見知りであろう藤壺の者達も、ほとんど面識がないはずの伊子の女房達もうっとりとため息をつく。

嵩那は優雅な微笑みを桐子のほうにむける。さすがに桐子も異性相手では、それまで下ろしていた蝙蝠を顔の前にかざしていた。

「女御。直廬《じきろ》のほうでお父上がお待ちでしたよ。上弦の月が背の高い桐と重なり、大変に幽玄《ゆうげん》な光景でしたのでね。はやく親子水入らずでご覧になりたいと仰せでした」

直廬とは公卿《くぎょう》達の宿直所《とのいどころ》のことで、桐の話題からしてどうやら桐壺がこの施設に充てられているものと思われた。藤壺の女房達は、いっせいに安堵《あんど》した顔をする。彼女達からすれば、これで桐壺に行く建前ができたというものだ。

「それならば、急がねばなりませぬね」

「ささ、女御様。お父様をお待たせしては」

女房達は桐子を促して、そそくさと渡殿を進んでいく。そのうちの幾人かの女房が、すれ違いざまに嵩那に対して色々と話しかける。

「宮様、ご親切にありがとうございました」

「近いうちに藤壺のほうにも顔をお出しくださいさい。なにかお礼をさせていただきとうございます」

この場を収めてくれたことの礼なのだろうが、全員があきらかに色目を使っている。ちなみに彼女達は、伊子達に対してはあたかも無視をするように一瞥もくれなかった。

「この小娘どもが……」

千草が険しい表情でぎりっと奥歯をかみしめる。いっぽう嵩那は、そんな女房らに引くどころか慣れた様子で愛想良く見送っている。

(なに、この人……)

もやっとした思いを通り越してはっきりと不愉快になった伊子は、蝙蝠の裏でつぶれた油虫の死骸《しがい》でも見るような表情を浮かべていた。

式部卿宮こと嵩那親王は、伊子のかつての恋人だった男性だ。伊子の一方的な誤解で十年も前に終わった関係だが、この昔の恋が入内を拒んだ本当の理由であることは、当人達をのぞけば千草と嵩那の姉・賀茂斎院《かものさいいん》しか知らぬことだった。

藤壺の女房達を見送ったあと、嵩那はくるりと伊子のほうにむきなおった。事態を収めてくれたことに本来なら礼を言うべきだが、素直な気持ちになれずに蝙蝠の内側で頰《ほお》を膨らませる。そんな伊子の前で、嵩那はほんの少しだけ表情を厳しくした。

「どんなに腹が立つ相手でも少しは逃げ場を残しておいてあげないと、事が終わらずにかえって自分の首を絞めることになりますよ」

「……」

心を読まれたような発言に、伊子は軽く頰を叩かれた気がした。事を終わらせるために相手をやりこめることだけを考えていたが、そうではなく自分のためにも逃げ場を残しておくべきだったのだろうか？

「まあ、どう考えたってむこうが非礼ですし、大君《おおいきみ》がご立腹なさるのはしごくもっともではありますが――」

「宮様」

嵩那が話し終わらないうちに伊子は声をあげた。きょとんとする千草や他の女房にかまわず伊子は言った。

「お時間をいただけませんか」

「はい？」

「密事《ひそかごと》がございます」

『貴女様《あなたさま》の昔のことは、とうに存じ上げております。ゆめゆめご油断なきよう、心しておいでなさいませ――美福門《びふくもん》より』

大殿油《おおとのあぶら》の下で、先日届いた文を一読した嵩那は険しい声で言った。

「これは、かなり挑発的な内容の文ですね」

承香殿に入ったあと大急ぎで嵩那のために座を作らせると、千草以外の女房は下がらせた。この文にかんしては、嵩那とのことを知っている千草にだけは告げていたのだ。

「やはり、そういう意味ですよね」

観念したように伊子が言うと、嵩那はこくりとうなずいた。もちろん御簾を隔《へだ》ててはいたが、二人とも端近に寄っていたのでそれぐらいの動きは確認できた。

「しかし、なかなか見事な手蹟《しゅせき》ですな」

感心したようにつぶやいたあと、嵩那はもう一度文に見入った。それが案外に長い時間だったので、気になって伊子は尋ねた。

「なにか、思い当たることでも？」

「どこかで見たような手蹟だと思ったのですが……」

「まことでございますか？」

有力な情報に伊子は期待に満ちた目をむける。しかし嵩那はあわてて首を横に振った。

「いや、なんとなくです。おそらく気のせいだとは思います」

それでも気になるらしくしばらく文を眺めていた嵩那だったが、結局諦めたように顔をあげた。

「それで、大君は藤壺女御をお疑いなのですね」

疑うという厳しい言葉にたじろぎ、伊子はぎこちなくうなずいた。

この文の差出人が桐子ではないかという疑念は、受け取ったときから抱いていた。伊子が出仕することを阻《はば》みたいと考える者が、帝の妃とその一族ぐらいしか思いつかなかったからだ。藤壺と弘徽殿の二人の女御をあわせて考えた結果、これ見よがしに添えられた桐の花から同じ名前を持つ桐子に目星をつけた。そして先刻の渡殿での振るまいから、桐子が伊子の出仕を快《こころよ》く思っていないことは確実となった。

「もちろん同じ立場の方として、王女御の可能性も考えたのですが」

「あの御方は、おそらくないでしょう」

あっさりと嵩那は否定した。

「後ろ盾のないあの御方がなんらかの野心を持っていたとしたら、あなたと藤壺女御の双方を追い落とさなければそれは成し遂げられません。藤壺女御に対してなんの動きも見せなかったのに、女御でもないあなたを先に退けようとすることはしないでしょう。そもそも主上が彼女を女御として迎え入れたのは政治的な問題ではなく、ご両親を亡くされて将来に不安があることを哀れに思《おぼ》し召した先帝のご意向ですしね」

納得できる言い分ではあるが、良くも悪くも人間の感情が損得のみで動かないことを考えれば、端《はな》から除外してしまうことも伊子には躊躇《ためら》われた。帝の本心が入内にある以上、他の妃達にとって伊子は面白くない存在であることにちがいはない。後ろ盾や野心云々《うんぬん》の問題ではなく、単純に妻としての感情だと思うのだが。

しかし嵩那は王女御にかんしてはまったく疑っていないようで、あくまでも桐子を中心に話を進めてゆく。

「まあ、先ほどの振る舞いを見ているかぎり、藤壺女御があなたの出仕を快く思っていないことは確実ですね。この文は桐の花に結ばれていたとのことですが、あんな高木に咲く花を敢《あ》えて使っているのですから、そこにもなにか意味があるのでしょう」

一般に桐は高木で、そのうえ花が上のほうに付くので気軽に手折《たお》れるようなものではなかった。ゆえに桐の花そのものに意味があるのだろうということだ。そうなるとやはり、その字を名に持つ桐子に疑いを持たざるを得なくなってくる。

「あと、この美福門という差出人も気になるところですよね」

嵩那の言葉に伊子はうなずいた。ただしこちらは桐の花とちがって、意味するところはまったく見当がつかなかった。美福門とは大内裏《だいだいり》の宮門のひとつである。

「ですがまったく意味もなく、こんな表記をするはずはないと思うのですが」

「もしかしたらですが、いずれ自分は院号を賜るという宣言ではないでしょうか？」

いまひとつ自信がなさそうに嵩那は言うが、伊子はなるほどと思った。この場合の院号とは妃に賜る女院号のことで、一般的に天皇の母となった妃が対象となる。そしてその名称は、上東門院《じょうとうもんいん》や陽明門院《ようめいもんいん》というように宮門から付けられることが一般的だった。美福門と記したことが自分は帝の母になるという宣言だとしたら、いかにも気が強い桐子がやりそうなことで、入内して一年も経っていない娘が青いというか痛々しいというかである。

「では、やはり藤壺女御が？」

「それも疑問は残るのですよ」

嵩那は言った。

「だいたいあなたの出仕を阻みたいのなら、こんな脅迫《きょうはく》めいた文を出さず、すぐにでも奏《そう》上《じょう》（天皇に申しあげること）すればよいだけのことですからね。事を大袈裟《おおげさ》にせず内密に身を引かせたかったのかもしれませんが、あの幼稚な藤壺女御がそんな穏便な手段を取るかといえば疑問は残るところです」

どさくさまぎれに桐子に対する辛辣《しんらつ》な評価を口にしたあと、嵩那は閉じた蝙蝠の先を顎《あご》に当てて思案しはじめた。

伊子には釈然としない思いが残った。確かに桐子を疑うのは妥当《だとう》だが、断定するにはやはり矛盾《むじゅん》が多すぎる。こうなるとどうしてももう一人の妃・王女御のことを考えてしまうのだが、嵩那があれだけきっぱりと否定した以上、この場でふたたび彼女の名前を出すことはためらわれた。

嵩那は軽く首を捻《ひね》ったあと、あらためて口を開いた。

「個人的にこの文で一番気がかりなことは、最終的に大君にどうして欲しいのかの明確な指示がないことです。これでは脅迫の文にはなりえない」

「え、出仕を辞退しろということではないのですか？」

「私も最初はそう思ったのですが、一概《いちがい》にそうとは言えないかもしれません」

そこで嵩那はいったん言葉を切り、あらためて言った。

「恋のさやあてでもあるまいし、はっきりとそれを記さなければ受け取ったほうも従えませんから」

伊子は虚をつかれたようになる。端から脅迫だと思いこんでいたが、確かに具体的な指示はない。とはいえ実名をはっきりさせないうえでの、あなたの秘密を知っているという内容の文に、まともな意図があるとは思えなかった。

「心しておいでなさいという部分を、私は〝（出仕をするなら）覚悟して来い〟というような意味に受け止めたのですが……」

「ならばあなたになにかをさせたいわけではなく、動揺《どうよう》させることが目的の嫌がらせか、秘密を暴露してやるから覚悟をしておけという宣言かもしれません」

やけに冷静に嵩那は言った。確かに前者であれば焦る必要はないし、後者であればこちらがばたばたしてもどうにもならない。

「この文になにか意味があることは確実ですが、下手《へた》に動くよりしばらく様子を見てみたほうが良いかもしれません」

存外に落ちついた様子の嵩那に、伊子は不満を抱く。もしも二人の過去が公《おおやけ》になれば、嵩那のほうこそ立場がないだろうに、もう少し焦って然《しか》るべきではないのか。

「ですが、もし主上の耳に入ったら……」

「柾那《まさふゆ》は聡明な人間です。こんな得体の知れない真似《まね》をするような相手からの忠告など、鵜呑《うの》みにしませんよ」

「柾那？」

聞きなれない名前に伊子は首を傾《かし》げ、嵩那はあわてたように口許《くちもと》を押さえた。

「すみません、聞かなかったことに……」

「え？」

首を傾げたあと、伊子はそれが帝の諱《いみな》であることを思いだした。そういえば斎院御所で見かけたとき、嵩那は当時は一親王に過ぎなかった今上を、まるで弟に対するように諱で呼んでいた。

「つい、昔の癖《くせ》が……」

気まずげに弁明する嵩那のようすが可愛らしく思えて、伊子は口許を綻《ほころ》ばせた。

姉である斎院が帝の養母だったこともあり、嵩那は帝に対して年の離れた兄のように優しく接していた。それは傍目《はため》にも微笑ましい光景で、伊子が嵩那を好きになった一因でもあったのだ。

「ご心配なく。ですが人前ではお気をつけなさいませ」

ころころとした笑い声をまじえながら答えると、御簾のむこうがしんとなった。やけに張りつめた空気が伝わって、伊子は首を傾げる。

（え、なに？）

やがて嵩那は、息を吐くように言った。

「久しぶりに、あなたの笑い声を聞きました」

「…………」

反射的に伊子は、蝙蝠で口許を押さえた。言われてみれば再会以降、嵩那に対してこんなに朗《ほが》らかに話しかけたことははじめてだった。十年前は嵩那の話が楽しくて、嵩那に話をすることが楽しくて、一緒にいるときはあんなに笑い転げていたのに。

「は、はしたない真似を致しました」

「いえ…………」

短く応じたきり、嵩那は無言になった。御簾一枚を隔てて、二人の間になんともぎこちない空気がただよう。伊子は緊張のあまり息をつめた。自分でも驚くほど鼓動が速くなっている。なにはともあれ息を整えないと、まともな言葉を発せられない気がした。

（落ち着いて、落ち着いて……）

自分に言い聞かせ、ゆっくりと息を吐こうとしたときだ。

「あの……」

沈黙を破るように嵩那が呼びかけた。伊子はぎょっとして御簾の先に目をむける。ゆらゆらと揺れる大殿油の炎が、嵩那の姿をおぼろに照らし出している。

「私を信頼して相談してくださって、ありがとうございます」

ぺこりと頭を下げた嵩那を、伊子はぽかんとして見つめた。もちろん彼の表情などは分からなかったが、言葉より声音《こわね》そのものに誠実さを感じた。

「私こそ……」

伊子は喉《のど》の奥を震わせた。

「話を聞いていただいて、心強く感じました。ご相談申し上げたのも、宮様が私よりずっと世をご存じだと思ったからです」

文を受け取ったときも御所入りしたときも、伊子は嵩那に相談するつもりはなかった。帝の自分への想いを考えれば、迂闊《うかつ》に嵩那と近づくことは危険だと思ったからだ。だが藤壺女御への彼の対応を見たとき、伊子は嵩那の中に自分にないものの存在を感じた。それは過去の若い時分の嵩那にはなかったもののように思う。

嵩那はしばし黙りこみ、やがてゆっくりと確認するように尋ねた。

「私は、あなたに頼りにされるほどの大人の男になりましたか?」

「……」

「十年前は、あなたが年下の私に呆《あき》れて見限ったのだと思っておりました」

「ち、ちがいます。それは私の過ちで――――」

この件に関しての非は、ほとんどが伊子側にあった。だというのに嵩那は、自分の未熟さを責めていたのだろうか？

「あれは、私が悪いのです」

たまらず口にしたあと、伊子はうなだれた。言い訳の言葉もなかった。あらためて自分の仕打ちのひどさを痛感したとき、とつぜん嵩那が御簾の間から手を伸ばしてきた。ぎょっとするのと同時に、がしっと左の手首をつかまれる。

「み、宮様！」

伊子ではなく千草が声をあげた。伊子自身は嵩那の大胆《だいたん》な行為をとっさに理解することができず、どう反応するべきなのか完全に分からなくなっていた。兄妹でさえ年頃になれば御簾を隔てて会話をする世で、嵩那のこの行為は通常では考えられないものだった。男女の間で御簾を越えるなど、それこそ恋人でもなければありえない行為だ。

しかし混乱する伊子とは対照的に、嵩那はごく冷静な口調で言う。

「今回の参内《さんだい》は、あくまでも尚侍としてのご出仕だと受け止めております」

「わ、私とてそのつもりで……」

「では、以前のようにこの御簾を上げてくださいますか？」

伊子は息を呑《の》む。名目上は出仕であっても、帝の本心が入内《じゅだい》にあることは御所中が知っている。実際に十六歳年長の女の姿を目にすれば気も変わるだろうと思ってはいるが、帝の反応があきらかにならない段階でのこの言動は、いったいどういうつもりなのか。男女の間で御簾を上げることを求めるなど――。

伊子は固く唇を結んだ。ともすれば流されてしまいそうになる気持ちを、懸命に理性で奮《ふる》い立たせる。

「だから、このようなことをしても咎《とが》めはないと？」

伊子の険しい声音にも、嵩那は動じなかった。

「咎めがあったとしても、私に恥じるところはありません」

「偽りをおっしゃいますな」

ぴしゃりと伊子は返した。

「私との過去が明るみになれば、貴男様《あなたさま》も御所での立場が怪しくなるでしょう？　そのため斎院様に、私の入内を諦めるよう帝を諭《さと》していただくようお願いにあがっていたのではありませんか？」

斎院御所で十年ぶりに再会した時、嵩那は姉である賀茂斎院にそのことを懇願《こんがん》している最中だった。帝が執心の相手と過去に関係があったなどと知られれば、今後の立場がないだろうから当然のことだ。

「ちがいます」

きっぱりと嵩那は否定した。

「もちろん過去に私と関係のあった貴女が入内することは、色々と憚《はばか》りがある。男同士として心苦しい部分もあります。いっそ主上にすべてを告白しようかとも考えました。しても構わなかった。私には貴女との関係を心苦しく思う気持ちはかけらもない。されど左大臣と貴女のことを考えれば、自分一人でそれを決めることはできない。それゆえ穏便にすませるために姉上に頼もうと考えたのです」

嵩那の口調は冷静だったが、伊子の手首を握る力は少しも緩《ゆる》まなかった。

確かに十年間秘密にしていた関係をいまさら公にするなら、せめて相手の了解を取って然るべきだ。特にすでに別れてしまった相手なら、こちらが知らない事情もあるかもしれない。だが嵩那には、伊子と連絡を取る術《すべ》はなかった。彼が斎院に依頼にあがったのは、かつての恋人に対する誠意だったのだ。

「さようで、ございましたか……」

短気を起こして嵩那を責めるようなことを言った自分を、伊子は恥ずかしく思った。

「早合点《はやがてん》から失礼なことを言いまして、まことに申し訳ございませぬ」

神妙な伊子の口調に、落ち着きを取り戻したのか嵩那の指の力が緩んだ。

伊子は嵩那の成長をまざまざと見せつけられた気がした。以前にはなかった思慮《しりょ》深さと静かな情熱が彼の中で育《はぐく》まれていた。

――この方は十年前とは、ちがう。

そのことに気づいて、なぜか胸がしめつけられる。

「いえ、分かっていただけたのなら――」

言いながら嵩那が、伊子の手首を放そうとしたときだ。はずみで彼の袂《たもと》からなにかが滑り落ちた。御簾の先にいる嵩那は気づかないまま、それは伊子の膝の上に落ちた。

「？」

それは複数の結び文だった。雅《みやび》やかな染め色に香をたきしめた料紙《りょうし》で、どう考えたって女からの文である。そもそもきちんとした文書の場合、通常は礼紙で文を包んだ立て文《ぶみ》を使うものなのだ。

「姫様？」

たちまち表情を硬くする伊子に、訝《いぶか》しげに千草が呼びかける。伊子は無言のまま、結び文をまとめて御簾のむこうに押し出した。

「大君？」

「落とされましたよ！」

険《けん》のある伊子の声音に、嵩那は視線を落とす。そして床に置かれた多数の結び文に悲鳴のような声をあげた。

「い、いつのまにこのようなものが!?」

これが演技でないのなら、先ほどすれちがった藤壺の女房達が嵩那の知らないうちに袂に滑り込ませたのかもしれない。だとしたら彼女達は、いつどこで会えるか分からない嵩那のために常に文を持ち歩いていたことになる。要するに以前から、文を手渡せる時を狙っていたのだ。

「うわ〜〜、さすが業平《なりひら》の生まれ変わりと言われるだけありますね」

おおよそを悟ったらしく、千草が呆れかえった声をあげた。そういえばいまはそのように言われていると聞いたことがあった。ならばこのようなことも日常茶飯事《さはんじ》であろうし、女のほうも文も準備しているはずだ。

伊子は表情を強張《こわば》らせ、御簾の先を睨み付けた。

(他の女達からの恋文を袂に入れたまま、昔の恋人に言い寄るってどういう神経よ!?)

少しでもほだされそうになった自分が馬鹿だった。確かにこの人は十年前とは大きく変わっていた。十年の歳月は初々《ういうい》しかった若者をただの節操《せっそう》なしに変えてしまったのだ。

「お話は終わりました」

氷室《ひむろ》のように冷ややかな声で伊子は言った。振りほどかれた瞬間はなにごとかと動じていた嵩那だったが、もはや蛇に睨《にら》まれた蛙《かえる》のように身体《からだ》を硬直させている。

「あ、あの大君……」

あからさまに声を上擦らせる嵩那に、ぴしゃりと伊子は言った。

「私、もう休みますので、どうぞお帰りくださいませ！」

翌日。帝に参内を報告するため、伊子は清涼殿にむかった。案内役として承香殿まで迎えに来たのは、内侍司の実質上の責任者である勾当内侍《こうとうのないし》だった。内侍司の三等官である掌侍《ないしのじょう》の筆頭をそう呼ぶことになっている。ちなみに長官はとうぜん尚侍になるが、入ったばかりの新参者がいきなり取り仕切れるはずがない。

承香殿から清涼殿に行くには、王女御が住む弘徽殿の前を通らなければならない。しかし渡殿《わたどの》を進んでいくらもしないうちに、勾当内侍の足が止まった。昨夜と同じ展開に、またなにかあったのかとうんざりしながら伊子は声をかけた。

「どうしました？」

「糞《ふん》です」

「は⁉」

尾籠《びろう》な単語に、おびえより好奇心のほうが勝った。伊子は勾当内侍の背中越しに前を見る。すると巨大な筆でひと刷きしたような灰色っぽい汚れが床に広がっていた。束帯姿の男であれば一跨《ひとまた》ぎできる程度の大きさだが、裾《すそ》と裳《も》と髪を同時に引きずる唐衣《からぎぬ》裳姿の女人ではそうもいかない。

「ま、まあ……なんですの、この汚れは！」

「ひどい。これでは渡殿を通れませぬ」

千草をはじめとした女房達が口々に悲鳴をあげる。そんな中でもさすがに勾当内侍は、一人冷静さを貫く。

「お静かに。恐らく鳥の糞だと思います。すぐに掃除をさせますから」

彼女があまりに冷静なので、ひょっとして渡殿が鳥の糞で汚れるのは日常茶飯事なのかと伊子は思ったほどだ。かといって屋根がある渡殿が、こんなふうに派手に汚れるものなのかと疑問は残る。

（ていうかなに？　この『源氏物語《げんじものがたり》』みたいな展開）

汚物を渡殿にまいて、寵妃が帝の元に行くのを妨げようとする。物語にそんな展開があった。本来なら怒るかおびえるかするべきなのだろうが、むしろ呆れてしまう。もし嫌がらせだとしたら、やり方があまりにも陳腐《ちんぷ》すぎる。

「主上がお待ちですから、常寧殿《じょうねいでん》から迂回《うかい》して参りましょう」

勾当内侍の提案に、伊子はうなずいた。そうだ。この場所では迂回路があるから、足留めなどできないのだ。こんなことをしても一過性に悪臭がするだけで意味はない。伊子は渡殿の先にある弘徽殿に目をむける。

（王女御は、気づいていないのかしら？）

このあたりであれば、弘徽殿の殿舎も少なからず臭《にお》うだろうに。しかし格子《こうし》は上げていても御簾が下りているので、中はまったく見渡せなかった。

「さ、尚侍様」

勾当内侍に促され、伊子達一行は迂回路から清涼殿に入った。弘廂《ひろびさし》に上がると、御簾を下ろした先は昼御座《ひるのおまし》となっており、帝の姿が透けて見える。つい先ほどまで臣下達が拝謁《はいえつ》していたとかで、帝はそのまま伊子を待っていたようだ。蝙蝠の上からちらちらとうかがうと、あちこちに色を違えた束帯姿の官吏《かんり》達が退出せずに控えている。一挙手一投足《いっきょしゅいっとうそく》に注目されていることを肌で感じ、緊張しつつも伊子はその場に伏した。

「大変お待たせいたしました。藤原伊子、参内致しました」

「やっとお出でになられましたね。待ちかねましたよ」

帝の声音は少年らしく澄んでいたが、口ぶりは上に立つ者にふさわしく落ちついたものだった。

「勿体《もったい》ないお言葉でございます。これからは心をこめてお仕えいたしたいと存じます」

「どうぞ、近くにおいでなさい」

伊子は顔をあげた。見ると勾当内侍が御簾の端を持ち、目配せをしている。中に入れということだ。伊子は立ち上がり、御簾内に入った。加齢を蔑《さげす》まれるようで良い気はしないが、十六歳年長の女の現実を知ってもらうのには好都合である。

指定された場所に一度伏してから、あらためて顔をあげる。

繧繝縁《うんげんべり》の厚畳《あつじょう》に茵《しとね》を置いた昼御座には、帝にしか許されない白の御引直衣《おひきのうし》に緋色《ひいろ》の袴《はかま》を着けた少年が座っていた。数年ぶりに目にしたその姿に伊子はしばし目を奪われる。薫風《くんぷう》に揺れる薄き藤の花を思わせる、清らかで美しい若者だ。ほっそりとした首筋になめらかな肌。黒瑪瑙《くろめのう》のように輝く瞳は、誠実で理知的な光を湛《たた》えている。

「ようやく、お会いできましたね」

穏やかな口調で帝は言った。実際には曲水《きょくすい》の宴《えん》のおりに拝謁しているから、この場合の会えたというのは、御簾を無くして姿を直接見ることができたということになる。

「ご立派におなりになられて――」

伊子はそれしか言えなかった。なにしろ印象に残っている姿は、まだみずら頭の童《わらわ》だったのだから。幼児期の姿からある程度の予想はしていたが、まさかここまでの美少年に育っているとは思わなかった。ひたすら緊張する伊子に対して、帝は余裕のある笑顔を浮かべて応じる。

「あなたは変わりませんね」

「!?」

「驚きました。十年前に斎院御所でお会いしたときと、まったくお変わりがなくて」

帝の声音からは悪意はもちろん取り繕《つくろ》った感じも受けなかったが、伊子はなぜか複雑な気持ちになった。世辞《せじ》という存在は知っているし、素直に喜ぶほど単純でもない。

そのとき帝の背後に下ろした御簾のむこうから、くすっと笑い声が聞こえた。目をむけると、左右に分かれるようにして女房と思しき女人達が数名固まっていた。昼御座の奥には母屋《もや》があり、人が控える場所がある。

「お気になさらず。本日は女御達が控えているので女房の数が多いのですよ……」

帝の言葉に伊子は眉《まゆ》を寄せた。女御達というのなら、藤壺と弘徽殿の両方だろう。どうやら帝には彼女達の嘲笑《ちょうしょう》が通じていないらしい。先ほどの笑い声が桐子側からだったのか王女御側からだったのかは分からない。しかし一回り以上年長の女にこんなあからさまな世辞を言えば、真実に若い女としては失笑したくもなるだろう。

「変わらぬなどと、お戯《たわむ》れを仰《おお》せで――」

「戯れではありません。まことと常盤木《ときわぎ》のようにお変わりなく。今後は榊 尚侍《さかきのないしのかみ》と名乗られるのはいかがですか？」

伊子は目を見張った。帝はにこにこと穏やかな笑みを携《たずさ》えている。しかし取り繕ったような気配はどこにも見られない。

（ひ、ひょっとしてお世辞じゃなかったの？）

だとしても思い込みもここまで来ると、本気で物《もの》の怪《け》がついているのではないかと疑ってしまう。

「式部卿宮。あなたはいかが思われるか？」

とつぜんの帝の呼びかけに、伊子はぎょっとした。

（え、いたの？）

とうとつに帝が口にした嵩那の名に、伊子はうろたえた。先ほどはまったく気づかなかったが、もしかして弘廂《ひろびさし》か簀子《すのこ》のどこかに控えていたのだろうか。御簾《みす》の先を注意して見ると、少し斜めの位置に濃き紫の束帯が見えた。

昨夜のことを思い出して、必然不快な感情がこみあげる。

――あの方は、十年前の宮様ではない。

昨晩、伊子は自分に言い聞かせた。ひたすら一途《いちず》に伊子だけを見てくれた、あの初々《ういうい》しい背《せ》の君《きみ》（恋人）はもういない。そんなふうに思いきれるほど伊子が強くなったのは、嵩那が変わってしまったからだ。

「式部卿宮《しきぶのきょうのみや》。あなたはかつて私とともに斎院御所《さいいんごしょ》に赴《おもむ》き、尚侍《ないしのかみ》の姿を目にしたことがおありだ。どうあっても私の言葉を疑いつづける尚侍を、ひとつ納得させてはくれまいか」

「ならば正直に申し上げましょう。はっきり言ってお年は召されました」

断固とした嵩那の発言に、あたりは一気に妙な空気につつまれた。いっぽうで伊子は自分が思っている通りの答えを耳にしたはずなのに、矛盾《むじゅん》したものでうっすらと不愉快な気持ちになるのを禁じ得なかった。もちろん時と場合にもよるが、他人、特に女人《にょにん》に対しての「年を取ったね」という類《たぐい》の発言は十中八九で失言である。

とうぜん帝はあ然としていたが、かまわず嵩那はつづけた。

「昔はお声はもっと潑剌《はつらつ》として、まとわれる衣や香もこの季節の花々のように艶《あで》やかで薫《かお》り高いものばかりでした。お姿までは良く拝しておりませぬが、十年前に比べますといくぶん面《おも》やつれしていらっしゃるようにお見受けいたしました」

弘廂にいた公卿《くぎょう》や女房達がざわつきはじめた。母屋《もや》で控えている二組の女御《にょうご》達一同もなにやらささやきあっている。

「ねえ、いくらなんでもひどくない？」

「式部卿宮様って、あんなことをおっしゃる方だったかしら？」

「ちょっと幻滅しちゃう」

母屋から聞こえてくる女房達の非難にも煽《あお》られ、伊子は怒りで拳を震わせる。

（やはり！　あのとき懐紙《かいし》ではなく檜扇《ひおうぎ》をぶつけてやればよかった！）

斎院御所で再会したとき、伊子は嵩那の横っ面《つら》に懐紙を投げつけてやったのだ。固い檜扇では怪我《けが》をさせかねないと無意識の理性が働いた。いまにして思えば余計な気遣いだったのかと腹立ち紛《まぎ》れに思う。

空気が不穏になってきたことに、帝は耐えかねたように口を挟んだ。

「宮、あなたは少しお疲れではないのか？　あなたらしくもない言葉だ。私の目には尚侍は以前と変わらず美しくあるように見えるのだが」

「恐れながら、美しくないとは一言も申し上げておりませぬ」

　堂々と嵩那は返した。

「年を取ることと美しいことが一致しても良いかと存じます。年を取ることを一律に醜《みにく》いと申すことは、物事の表しか見ることができぬ浅はかなことかと。男も女も過ぎた月日が無駄でないかぎり、個人差はあれ人の姿に年輪が刻まれるのは道理。もちろんその年輪が目を背けたくなるほど醜《みにく》い者もおりますが、されどいつまでも魅入《みい》っていたいほど豊かで美しい者がいることも真実でございます。桃も梅も杏《あんず》も良き花を咲かし、惜しまれながらも散らしてこそ有用な果実をならすことができます」

　そこで嵩那はいったん言葉を切り、少し声を大きくした。

「少なくとも私はいまの尚侍のお姿から、その中にこの先さらに満ちてゆこうとするものの存在を感じます。それゆえお年を召されたと申し上げたのでございます」

　伊子はうっすらと唇を開いて、御簾のむこうの嵩那を見つめた。やがて、なぜ自分が帝の言葉に複雑な気持ちになったのかが分かった気がした。帝は女人に対する礼儀として、あるいは後ろで笑い声をたてた若い女御達を戒《いまし》めるつもりで『常盤木《ときわぎ》』のようだと発言したのだろう。いずれにしろ伊子を思いやっての言葉である。にもかかわらず引っ掛かったのは、若く見えることを良しとすることで、その裏にある無意識の、年を重ねることへの否定を感じたからなのだ。

嵩那の言葉は、伊子の心の中に無自覚のうちに生じた世間への反発を代弁してくれたのだ。それを嵩那ができたのは、彼自身がこれまでの十年をより満たそうとして生きてきたからなのではと伊子は思った。

十年前の嵩那は、華やかで美しかった。もちろん美貌《びぼう》はいまでも健在だが、十九歳のときと変わらずではなく、二十九歳の男性にふさわしい落ち着きのある理知的なものにと変わっていた。

やはり、彼は十年前の嵩那ではなかった。歳月を重ねたことで嵩那は現在の姿を得たのだ。では彼は、どのような経験を経てその姿を得たのだろう？　それを知りたいと、まるで誘惑されるように思った。

（あ、業平《なりひら》の生まれ変わりと言われていたのか……………）

ちらりと冷ややかな感情もかすめたが、それも含めて彼の十年を知りたかった。見失う結果になった非は伊子のほうにあるのだけれど。

見ると帝は納得したような表情で、嵩那の話を聞いていた。浅はかだという非難に取られかねない発言だったが、帝が気を悪くしたようすはなかった。

「なるほど。では、榊尚侍《さかきのないしのかみ》という呼び名はふさわしくないな」

「恐れ入ります」

嵩那は恐縮したふうもなく応じた。それどころか帝のこの反応を予想していたような態度だった。柾那《まさふゆ》は聡明な人間だと、帝の諱《いみな》を口にできるほど人柄を理解しているゆえの余裕の態度なのだろうか。

「いかがであろう、式部卿宮。あなたに、なにかよい呼び名の提案はないか？」

「さようでございますな。年月を経て、醍醐《だいご》味《み》を増してゆくものなどが――」

しばしの沈思《ちんし》のあと、閃《ひらめ》いたというように嵩那は口を開いた。

「……干柿《ほしがき》」

「!?」

清涼殿《せいりようでん》全体がしんとなった。帝は聞き違えたのかという表情を浮かべている。伊子も最初はふざけているのかと思ったのだが……。

「干柿の君、干柿尚侍というのはいかがでしょうか」

意気揚々《いきようよう》と言う嵩那に、怒るよりも頭を殴《なぐ》られたような衝撃を受けた。本気なのだ、この人は。心の底から、女の候名《さぶらひな》に〝干柿〟がよいと思っているのだ。

ここにきて伊子は大抵のことは人並以上にこなす嵩那の、唯一和歌の才能がひどいことを思いだした。流麗《りゆうれい》な筆致で送られてきた過去の駄作《ださく》の数々を考えれば、嵩那の言葉選びの感覚が常人とは大きくずれていることは歴然としている。

「いや、それはちょっと……」

さすがに帝はためらいがちに応じた。自分から要請した手前、頭ごなしの否定は一応遠《えん》慮《りょ》したらしい。

「お気に召しませぬか？」

心外だと言わんばかりの嵩那の声に、あたり前だと伊子は怒鳴りつけたくなった。そんな候名あり得ない。あるとしたら罰か見せしめだ。宇佐八幡宮神託事件《うさはちまんぐうしんたくじけん》で、和気清麻呂《わけのきよまろ》が別部穢麻呂《わけべのきたなまろ》と改名させられたうえで流罪になったときのように。

「わ、悪くはないが、もう少し考えてみよう。それまでは〝尚侍《かん》の君《きみ》〟とでもお呼びすればよいだろう」

ひとまず無難なところで帝が終わらせてくれたので、伊子は心底ほっとした。心なしか傍《かたわ》らに控える蔵人頭《くろうどのとう》や内侍司《ないしのつかさ》の女房達も安堵《あんど》しているように見えた。干柿尚侍などという候名をつけられたら、これから呼ぶたびに失笑を禁じ得ないと危惧《きぐ》したのかもしれないと伊子は思ったのだった。

「尚侍の君様」

衣擦《きぬず》れの音をさせて勾当内侍《こうとうのないし》が近づいてきた。

「臣達が奏上文《そうじょうぶん》を持って参っております。どうぞ主上《おかみ》にお取り次ぎください」

「分かりました」

伊子が簀子に出ると、そこには黒の束帯をつけた公卿が漆《うるし》塗りの箱を持って控えていた。尚侍の仕事のひとつに、臣下達からの上奏文を帝に取り次ぎ、また帝の命《めい》を彼らに伝えることがあった。

「ご苦労でございました」

箱を受けとって昼御座《ひるのおまし》に行くと、帝は蔵人頭を従えて、山のような奏上文に目を通している最中だった。蔵人頭は蔵人所《くろうどどころ》の次官で、蔵人所は帝の直属の司《つかさ》である。

「主上」

衝立《ついたて》のそばから呼びかけると、帝は振り返った。吸いこまれそうに澄んだ瞳が、伊子をとらえた瞬間に光を浴びたように輝く。

「ああ、尚侍の君」

「新しい奏上を持ってまいりました」

「やれやれ、またかい」

おどけたように帝は言ったが、半分くらいは本音もあるだろう。なにしろ彼の周りには、幾枚もの奏上文を収めた箱や文台《ふだい》が大量に並んでいる。帝はこれらにすべて目を通して裁可を下さなくてはならないのだ。

伊子は裾《すそ》を引きながら帝に近づいた。

「朝からずっとですから、お疲れでございましょう。少しお休みになられては？」

「そのつもりだよ。だけどここまでは終わらせてしまわないと。私の裁可が遅れれば、そのぶん司での仕事が滞《とどこお》るからね」

己の立場をしっかりと自覚した言い分に、伊子は感慨《かんがい》を覚えた。まだ少年と言える若い帝の双肩《そうけん》にかかった重責はそうとうなものだろう。なし崩し的に決まった出仕だったが、できることならこの少年をきちんと支えてあげたいとさえ思った。

「尚侍の君。そちらに伝宣《でんせん》の文書ができております。殿上《てんじょう》の間にてお伝えいただけますか？」

蔵人頭が、漆塗りの箱を指差して言った。伝宣とは帝の勅命《ちょくめい》を伝えることで、この場合は伊子が口頭にて担当官に伝えることになる。

「承知いたしました。では――」

「尚侍の君」

箱を抱えて退出しようとした伊子を、帝が呼び止めた。

「今日の衣は大変によろしい。藤の襲《かさね》が涼やかで、貴女《あなた》にとても似合っている」

にこやかに告げられた言葉に、伊子はその場で固まった。下手《へた》に意識をせずに余裕を持って礼を言えばよいだけなのに、なぜか言葉がうまく出てこない。干《ひ》からびたようになった喉《のど》の奥から、無理やり短い言葉をしぼりだす。

「あ、ありがとうございます」

対して帝は穏やかな微笑《ほほえ》みを返しただけだった。伊子はうまい返しがなにひとつ思い浮かばなくなってしまった。

「さ、下がりまする」

半ば逃げるようにして退出すると、伊子は女房とともに南廂に位置する殿上の間にむかった。殿上の間とは、五位以上の官吏《かんり》にのみ許された詰所で会議所も兼ねている。

几帳《きちょう》越しに伝宣の文書を読み伝えてゆき、最後の文書を手にしたところで伊子はぎょっとした。重なった文書の最下層に隠すようにして、桐の枝に結びつけた文が入っていたのだ。

(なに、これ？)

瞬く間に鼓動が速くなる。素早く文を袂《たもと》に押しこむと、伊子は素知らぬ顔で最後の文書を読み上げた。そうならないように懸命に努めたが、やはり声は多少上擦った気がする。

(どういうこと？　奏上も伝宣も、文書はすべて蔵人所で管理しているはずなのに……)

いつ、どこで、どうやってこの箱に忍ばせたのか。動揺《どうよう》したままなんとか最後の文書を読み上げると、伊子は逃げるように殿上の間を後にした。簀子で女房を先に行かせてから、周りに人がいないことを確認して文を広げる。

『先日の文には目を通していただきましたでしょうか。貴女のおふるまいに、内容をご理解いただけたものかどうか迷っております。美福門《びふくもん》より』

前と同じ流麗な筆致で記された短い文に、伊子は低くうめく。料紙をくしゃりと握りしめると、とりあえず承香殿《しょうきょうでん》に戻ろうと考えた。まずは落ちついて考えを整理しなければならない。裳《も》を引きながら足早に渡殿《わたどの》を進んでいたが、弘徽殿《こきでん》を通り過ぎた所で立ち止まざるを得なくなった。

「なに、これ……」

先日と同じように、渡殿に筆で刷《は》いたように広がる汚物に伊子は表情を強張《こわば》らせた。承香殿を出てきたときには、このようなものはなかった。いったい何時《いつ》？　誰がこのような真似《まね》をしたのか？　とっさにあたりを見回したとき、高欄《こうらん》越しに見える弘徽殿の御簾が大きく膨れ上がった。

「！」

息を呑《の》んで殿舎を見つめるが、もちろん人が出てくる気配はない。しかし何者かが端近にいなければ、あのような事態にはならない。

（見られている？）

伊子がここで立ち往生《おうじょう》するのを、弘徽殿の者達はどんな思いで眺めているのか？　手にしていた文をさらに強く握りしめたときだ。

「なにをなさってますの」

権高《けんだか》な声音《こわね》に顔をむけた伊子は息を呑んだ。後ろから、複数の女房を引き連れた桐子《ひさこ》が進んできていたのだ。

（いつのまに？）

たじろぐ伊子に、先頭にいた女房が口を開く。

「そのような所で立ち止まられては、後ろがつかえてしまいます。どうぞお進みくださいませ」

ぬけぬけと女房は言うが、唐衣裳姿《からぎぬも》でそんな真似ができるはずがない。しかし迂回《うかい》しようとしても、渡殿の前にはすでに桐子達が立ちはだかっている。女房達に囲まれた桐子は、蝙蝠《かわほり》の上からのぞかせた目を真っ直ぐにむけてくる。勝ち誇ったような瞳に、伊子はぎりっと奥歯をかみしめた。

（こんな非生産的なやり方になんの意味があるの？　掃部《かむもり》の女官の迷惑も考えなさいよ！）

挑むように桐子を睨《にら》み返した、そのときだった。とつぜんふわりと身体《からだ》が浮くような感覚がした。いや、感覚ではなく本当に浮き上がっていた。

（え!?）

嵩那が、伊子の身体を横抱きにして抱え上げていたのだ。伊子はまず自分の目を疑い、次に嵩那の正気を疑った。病でもない成人女性を、しかも公《おおやけ》の場所で抱きかかえるなど普通の神経ではない。

「お召し物が汚れてしまいますゆえ、私が抱えてお連れいたしましょう」

嵩那の言葉に藤壺《ふじつぼの》女房達の中から黄色い声が上がった。どうやら自分達の主人の意向や目的も完全に抜け落ちてしまっているようだ。

（ていうか、軽々だし……）

物理的な意味でも信じがたい。伊子はほっそりとはしているが、実は地味に背が高い。加えて唐衣裳の総重量も袴着の年頃の子供の目方ぐらいはあるだろうから、容易に抱えあげられるものではないと思うのだが。

「あ、あの重いで――」

「男の力をなめてはいけませんよ」

余裕綽々《しゃくしゃく》の表情で言われ、伊子はぼっと顔を赤くする。聞こえたのか、藤壺女房達がふたたび声を上げた。嵩那は器用に汚物を避けて進んでゆく。ちらりと後ろを見ると、桐子はまるで親の仇《かたき》でも見るような目でこちらを睨みつけていた。

「戻ります！」

浮かれた女房達に叱《しか》りつけるように言うと、桐子はぷいっと踵《きびす》を返した。女房達があわててあとにつづく。そんな桐子の様子に、伊子は疑問を覚えたのだった。

「藤壺女御ではありません！」

伊子が断言すると、几帳の先で嵩那が訝《いぶか》しげな顔になった。嵩那の腕から降りたあと、伊子は彼を承香殿に呼び寄せた。そして千草《ちぐさ》以外の女房を追い払ってから、自分の考えを告げたのだ。

「あの文を寄越したのは、藤壺女御ではありません」

「なにゆえですか」

嵩那の問いに、伊子は几帳のほころびから先ほどの文を手渡した。手蹟《しゅせき》ですぐに同一人物だと分かったのだろう。嵩那は眉《まゆ》を寄せたまま黙読したあと、表情を強張らせた。

「これは？」

「伝宣の文書を収めた箱の中に入っておりました」

伊子の答えに嵩那はひどく驚いた顔をした。透け感のある生絹《すずし》を使った夏の几帳は、おぼろではあるが相手の表情をうかがうことができる。

「もちろん蔵人所の官吏と伝手《つて》を持つぐらい、藤壺女御であれば可能でしょう。ですが先ほどのおふるまいで思いました。あそこまで私を敵視している方が、こちらの弱みを握りながら使わずにおくものでしょうか？　私には彼女がそこまで慎重な人間だとは思えないのです」

良くも悪くも自分の感情に正直な桐子が、こんなふうに一方的にやられたままでいるとは思えなかった。ならば耐えているとか計算しているとかよりも、この件にかんして桐子はなにも知らないと考えたほうが自然な気がするのだ。

伊子の主張に、嵩那も同意した。

「確かに。それにもともと藤壺女御が犯人だとするには矛盾《むじゅん》があるというのは、私達の共通の認識でしたね」

こうなると必然、王女御《おうのにょうご》が疑わしくなってくる。嵩那は彼女の関与を否定したが、先ほど伊子が渡殿で立ち往生《おうじょう》していたとき、どうも弘徽殿の者達がそれを眺めていたらしいことを告げても同じことを言うのだろうか？

弘徽殿は王女御が賜《たまわ》っている殿舎だ。渡殿の汚物が王女御側の仕業《しわざ》だとしたら、とうぜん伊子が困る様子を窺《うかが》っているだろう。

「あの、宮さ……」

伊子が口を開いたとき、下がらせていた女房がばたばたと足音をたててやってきた。素早く千草が立ち上がって応対する。

「なんですって！　王女御様が？」

千草が声をあげた。いままさに、の事態に伊子はぎょっとして目をむける。

「姫様。王女御様が、こちらにご機嫌伺《うかが》いに参りたいと仰《おお》せだとか……」

「はあ!?」

伊子はすっ頓狂《とんきょう》な声をあげた。なぜ女御が尚侍にご機嫌伺いに来るのだ。身分はもちろん、後宮に入っての年数もこちらが後なのに。ご機嫌伺いに行くのなら、こちらから足を運ぶべき相手だろう。

「ちょうどよかった。ご紹介しますよ」

能天気な嵩那の声に、さらに伊子はぎょっとする。

「紹介って、親しくなされているのですか？」

「女御の父君である兵部《ひょうぶ》卿《きょうのみや》宮は、私の異母兄でしたから」

そういえばそうだった。嵩那と兵部卿宮は、共に二十年以上前に亡くなった先々帝の皇子だから異母兄弟の関係になる。とはいえ母親がちがう兄弟というのは同母の兄弟に比べるとどうしても稀薄《きはく》な関係になりがちなので、伊子も彼らの関係に認識が薄かった。

少し躊躇《ちゅうちょ》したが、結局伊子は訪問を受け入れることにした。その立場にない王女御が敢《あ》えて足を運ぶからには、なにか意図があるのだろうと思ったのだ。

（色々と見極めるのに、よい機会だわ）

女房達に座を設《しつら》えさせたところで、あちらの女房が姿を見せた。蝙蝠を口許《くちもと》にあて見守っていた伊子は、次いで入ってきた人物に目をぱちくりさせた。

下がり端《ば》のない振り分け髪に、花橘《はなたちばな》重《がさね》の細長《ほそなが》という童女の出で立ち。

（え!?）

少し年配の女房を付き添いに入ってきたのは、十にもならないような女童《めのわらわ》だった。

（こ、これは？）

ひょっとして侍女《じじょ》の一人かと思った伊子に、女童は朗《ほが》らかに言った。

「はじめまして、尚侍の君。王女御と申します」

「かねてより主上から、尚侍の君様がお持ちだという物語のことをお聞きして、一度読ませていただきたいと思っていたのです」

伊子が準備させせた唐菓子《からくだもの》をぱくぱくと頰張《ほおば》りながら、王女御は無邪気に言った。亡くなった兵部卿宮の一人娘・茈子女王《さいこにょおう》は、御年八歳の実に愛らしい少女だった。

「それで先ほど弘徽殿の前をお通りになられたので、お声をお掛けしたいと御簾の内から様子をうかがっておりましたの。だけどなにやら面倒なことが起きたようで心配しておりました。されど叔父様《おじさま》がさっそうと現れて尚侍を抱え上げたときは、さすがと思いましたのよ」

王女御は、几帳《きちょう》の先にいる嵩那に呼びかけるように言った。色々と伊子はめげかけていたが、それでも気力をしぼりだして王女御に答える。

「……さようでございましたか。ならば二、三冊お貸しいたしましょう。お読みになって気に入られるようでしたら、また別の物をお貸しいたしますわ」

王女御は瞳を輝かせた。その反応に胸が痛んだ。こんな子供を疑っていたのかと自己嫌悪に陥《おちい》ってしまう。同時に嵩那が彼女を疑わなかった理由もはっきりした。もちろん伊子とて、知っていれば最初から疑わなかった。

「ありがとう。主上と叔父様が、尚侍の君は聡明でお優しい方だから快《こころよ》く了解してくださると仰せだったけど本当ね」

孫王《そんおう》（帝の孫）の身分にしてはずいぶんと物怖《ものお》じしない姫だが、そのふるまいがかえって潑剌《はつらつ》とした育ちの良さを感じさせる。

「女御様は、本を読むことがお好きなのですね」

「ええ。主上もそうなの。だから上御局《うえのみつぼね》でも色々とお話しくださるのよ。主上は本当に博識なお方なの。物語だけじゃなくて南都（平城京《へいじょうきょう》）の時代も含めた昔のこととか、唐国《からくに》や天竺《てんじく》のお話もしてくださるのよ」

得意げに王女御は語る。桐子より頻繁《ひんぱん》だというお召しの実態がどういうものなのかこれで理解ができた。しかし寵《ちょう》を争う相手が八歳児と三十二歳では、娘盛りの桐子も複雑なことだろう。

（不本意だけど、少し同情したい気持ちになってきた……）

渡殿でひどい目にあいそうになったのは、つい先ほどのことなのに。しかも汚物をまいた犯人はまだ分かっていない。王女御のことを考えてもむやみに人を疑うべきではないのだろうが、汚物のほうは桐子の可能性もある。

無邪気にはしゃぐ王女御に、嵩那は優しげに話しかけた。

「そうなのですか。主上はどのようなお話をしてくださいますか？」

「先日は宮門の名前の謂《いわ》れについてお話しくださいました。十二門にはそれぞれ警護を司《つかさど》る氏族が存在し、彼らの姓は現在の門名の謂れとなっているものが多いのだと。例えば郁芳門《いくほうもん》であれば的《いくは》氏。陽明門《ようめいもん》であれば山《やま》氏というように」

得意げに王女御は答えた。郁芳門はともかく陽明門は若干《じゃっかん》無理矢理感がある気がしないでもなかったが、はじめて聞いた事実に伊子は好奇心から耳を傾ける。いっぽう嵩那はすでに知っていたようで、王女御の言葉に機嫌よく相槌《あいづち》を打っている。男性にとって歴史は大切な学問のひとつである。

「よく覚えていらっしゃいましたね。それで女御様、他には？」

「ええと、殷富門《いんぷもん》は伊福部《いふくべ》氏でしょ」

教師が生徒にするように嵩那に促され、王女御は次々に門と氏の名称をあげてゆく。

「それと達智門《たっちもん》は丹治比《たぢひ》氏で、美福門《びふくもん》は壬生《みぶ》氏――」

「！」

ふんふんなるほどと聞いていた伊子は、とつぜん雷に打たれたようになった。

（いや、そんな馬鹿な……）

自分が思いついたことを、ありえないと言い聞かせる。しかし壬生という名が漢字で浮かんだとたん、すべてのことがまるで鍵《かぎ》がぴったり嵌《はま》ったように合致したのだ。

次第に肯定の方向に気持ちが傾いてゆく。

（まさか、そうなの？）

だが理論では正しくとも、感情で納得することができなかった。そもそも、なぜそんなことをあの方がするのか。

「姫様？」

様子がおかしいことに気付いたのか、千草が声をかける。聞きとがめたのか嵩那は几帳のほころびから伊子のようすを窺い、その青ざめたさまに眉《まゆ》を寄せる。

次いで嵩那は、愛想よく王女御に話しかけた。

「試験はこのあたりにして。女御。そろそろお借りする本を選ばせてもらったらいかがですか。女房に見繕《みつくろ》わせるより、あなたが直接目を通したほうがよいでしょう」

伊子ははっとして嵩那を見る。ほころびのむこうで、嵩那は目配せする。

嵩那の提案に、王女御は意向を問うように伊子のほうを見た。これ幸いとばかりに伊子は大きくうなずいた。

「では、女房に案内させますわ。棚《たな》に色々と置いておりますから、お好きなものをお持ちくださいませ」

心得たもので、千草は王女御と彼女付きの女房を「こちらに」と促した。三人が立ち去ってから、伊子は嵩那のほうに向きなおった。

「お話があります」

「なにか思いつきましたか？」

嵩那は驚いたようすもなく応じた。王女御を遠ざけたのは、やはりこちらの意図を察してのものだったようだ。伊子は深く呼吸をすると、膝をするようにして几帳のそばに近づいた。

「美福門の正体が分かりました」


瑠璃《るり》色の夜空に、満月まであと少しの十日余りの月が昇っていた。

伊子が清涼殿の『台盤所《だいばんどころ》』に控えていると、隣室の『朝餉の間《あさがれいのま》』から帝が呼ぶ声が聞こえた。朝餉の間は帝の居室で、台盤所は女房の控え所である。

簀子から参上すると、帝は一人御座所にて脇息《きょうそく》にもたれながら夜空を見上げていた。今《こ》宵《よい》は王女御はすでに休んでおり、桐子は祖母が伏しているとのことで昨日より里帰りをしている。

「お呼びでございますか？」

「今宵の宿直《とのい》は、式部卿宮か？」

動揺する伊子に、帝はどうということもないように答える。

「先ほどからかすかに聞こえてくる笛の音が素晴らしい。このような名手は当代一と言われる彼しか思い当たらないからね」

確かにどこからか、夜風に届けられるようにして笛の音が聞こえてきていた。しかしそれが嵩那の演奏なのか、もう十年も彼の演奏を聞いていない伊子には分からなかった。

だがあらためて耳を澄ますと、古い記憶がまるで泉の水が湧くように思い起こされてくる。伊子は嵩那の過去と現在の音のちがいに感慨を覚えた。十年前、嵩那はすでに笛の名手だった。どれほど難しい曲でも子供の練習曲のように易々《やすやす》とこなし、その技術の高さに人々は舌を巻いた。本人も分かっていたのだろう。敢《あ》えて難しい曲をこれ見よがしに奏でている節もあった。しかしいま耳に届く音色はゆったりと夜のしじまを流れており、技術よりもひたすら曲の趣旨《しゅし》を表現する方に心を砕いていることが感じられた。

「まことに深みのある、落ち着いた音色でございますね」

ため息まじりに伊子が言うと、帝はふたたび台盤所にむかって声をあげた。

「誰か、式部卿宮をここに呼んできなさい」

「!?」

返事とともに台盤所から女房の動く衣擦れの気配が遠ざかって行った。息をつめる伊子に、帝は邪気のない表情で言う。

「せっかくの月夜ですから、間近で一曲奏でてもらいましょう」

伊子はとっさに返事ができなかった。伊子を同席させて嵩那を呼び出すことが偶然なのか、それとも意図してのものなのか見当がつかない。


――美福門は、帝ではないのか?


伊子の推測が正しければ、この場に嵩那を呼び寄せることになにか意図があるはずだ。やがて簀子に衣冠《いかん》姿の嵩那が現れた。束帯を簡略化した衣冠は、宿直時に着用する装束である。帝はにこやかな笑みを浮かべて言った。

「ああ、わざわざ呼びつけてすまないね。あまりに見事な音色なので、もっと間近で聴いてみたいと思ったものでね」

「私などがご期待に添えますものかどうか……」

比較的冷静に返した嵩那が、冠に淡い紫の桐の花を挿していることに気付いて伊子はぎょっとする。はたして帝は、ゆっくりと目を細めた。

「これは、実に風流だね。あなたによく似合う」

「主上のお好みの花と思い、こうしてつけて参った次第でございます」

けっこうに大胆《だいたん》な発言である。文を出した人物が帝ではないかと気付いたとき、伊子はすぐに嵩那に相談をした。そのうえでのこのふるまいは、ある意味で挑発ではないかと危ぶんだ。

帝は一瞬虚をつかれたような表情を浮かべたが、少しして大きくうなずいた。

「よかった。確かに届いていたんだね」

「…………」

胸を撫《な》で下ろしたように言う帝を、伊子も嵩那もあ然として見つめる。対して帝は一人で「よかった」とか「心配していたよ」等々を呑気《のんき》に繰り返している。

予想とはちがう反応に戸惑うが、それでもなんとか気を取り直して伊子は問うた。

「あの、やはり美福門は、主上の諱《いみな》のことだったのでしょうか？」

「うん、そうだよ」

あっさりと認められ、伊子も嵩那もしばし物も言えなくなる。

壬生は、実は〝まさふゆ〟と読める。しかし伊子は美福門の謂れが『壬生門』の佳名《かめい》とは知らなかったから気付きようがなかった。そうなると嵩那のほうが迂闊《うかつ》ではないかという話になってくるが、まあ多少はそういうところはあるのだろう。注意深い人間なら、女房達からの結び文に気付かずに伊子の前で落とすようなヘマはしない。他にも候名に〝干柿〟を真剣に推すなど、一見何事にもそつがないようで色々と残念な部分がある人間だということも薄々承知しはじめてもいた。とはいえ〝まさふゆ〟は、すぐに思いつく読み方ではないことも事実ではあるが。

その嵩那は、なおも信じがたいように尋ねる。

「では桐の花は、桐竹鳳凰《きりたけほうおう》の文様から？」

「うん。だからすぐに分かると思っていたのだけど……」

帝は少し気まずげに答えた。取りようによっては、今日まで気づかなかったことを非難しているようにも聞こえるからだろう。桐竹鳳凰は帝の袍に織り込まれる文様で、名君を称《たた》えるために天上から舞い降りた鳳凰が梧桐《あおぎり》に棲《す》まうという唐国の伝説が元になっている。

こちらにかんしては伊子も反省しきりである。少なくとも桐子を疑うことに矛盾が生じた段階で考えてみるべきだった。桐子にかんしては腹が立つばかりの相手だが、最初から最後まで疑っていたことは心から申し訳なく思う。

「なにゆえ、このような謎解きの仕様をなされたのですか？」

「謎解きなどと、さようなつもりではない。私の名前を記すと、やれ勅旨《ちょくし》だ勅命だとなって大袈裟《おおげさ》になりかねない。公にしたくない内容でそれは賢明ではない。それに内容からして、おそらく大君《おおいきみ》は式部卿宮に相談すると思ったのだ。宮ならば私の手蹟《しゆせき》を知っているはずだから……」

「恐れながら私が主上の手蹟を拝見致しましたのは、御君の元服《げんぷく》のおり、十三歳のときが最後でございます」

　苦々しい顔で嵩那は言った。書の練習は日常的に行うものだから、思春期の三年間で筆跡が大きく変化することは十分考えられる。それでもどこかに痕跡があったから、嵩那も引っ掛かりを覚えたのだろうけど。

　しかし帝には二人を混乱させた自覚がまったくないようで、軽く首を捻《ひね》っただけでさらに話をつづけた。

「私はとうに知っているから気にする必要はないが、周りに知られたら貴女《あなた》も宮も面倒なことになる。だから振る舞いには十分注意したほうがよいと忠告するつもりで、あの文を送ったのだよ。されどあなた達からなんの反応もないので、ひょっとして届いていないのかと疑っていたのだ」

「それで二通目を奏上文の中に紛らせて？」

　伊子の問いに帝はこくりとうなずいた。しかしこうやって本人の告白を聞いても、一通目の帝の文の意図が分からなかった。他はともかく〝ゆめゆめご油断なきよう、心しておいでなさいませ〟という文言は、出仕を求めた側が言う言葉ではないではないか。

（あ⁉）

伊子ははっとして口許を押さえた。ちがう。端《はな》から脅迫《きょうはく》だと思っていたから、覚悟して来いと解釈してしまったのだ。おいでなさいという言葉には〝来なさい〟だけではなく〝そのようにして居なさい〟という意味もあるではないか。つまり一通目の文は、油断しないように十分注意しなさいという助言だったのだ。最初の段階で脅迫だと思い込んでしまったばかりに、そのあとの全てを見誤ってしまっていたのだ。

あまりのことに、伊子はがっくりとうなだれた。

（うう、なにをやっているんだろう……）

その方向で嵩那にも話をしたから、彼もまた見誤ってしまっていたのだ。こうなると本当に自分の迂闊さに臍《ほぞ》を嚙《か》むしかなかった。

いっぽう嵩那も、まだ動揺を隠しきれないままに問う。

「で、では、私とのことをご存じのうえで、尚侍に出仕をお求めになられたのですか？」

「もちろん。斎院御所《さいいんごしょ》でのあなた達を見ていたら、惹《ひ》かれあっていることは一目瞭然だったからね」

「そんな公然としたふるまいはしていないはずです。現に斎院はもちろん、その女房達の中にも誰一人知る者は――」

「その人達と私はちがう」

帝のその一言は、これまでの穏やかな語りぶりとはあきらかにちがっていた。冷ややかで突き放すような物言いなのに、なぜなのか深い部分にある地熱のような熱さが伝わってきたのだ。

ただならぬ気配に、伊子はごくりと息を呑んだ。月明かりに照らされた帝の端整な横顔は、現世《うつしよ》のものとは思えぬ不思議な空気をまとっているように見えた。

「斎院御所に居たときから、私はずっと大君のことを溜息がつくような想いで見つめていた。だからあなた達が互いに惹かれあってゆくさまが手に取るように分かったし、どうあがいても追いつけない自分の幼さが歯痒《はがゆ》くてならなかった」

「…………」

嵩那は簀子《すのこ》に控えたまま、瞬きも忘れたように帝を見つめていた。背中のむこうで輝く月が、彼の美しい面輪《おもわ》を昏《くら》く照らしだす。同時に同じ月の光が、嵩那とむきあう帝の顔をこのうえなく明るく輝かせた。

「でも、いまはちがう」

「…………」

「宮。確かに私は、背は貴男《あなた》よりまだ低い。あるいはこの先ももう追いつけないかもしれない。それでも――」

そこで帝は一度言葉を切り、張りつめたような表情でいる伊子に視線を移した。

「私はもはや貴女より背も高く、力も強くなっている」

伊子に告げられたその言葉に、嵩那が表情を硬くした。対して帝は動揺のかけらも見せずに、脇息にもたれたまま誘うように言った。

「さあ、宮。今宵の見事な月を祝して、私のために一曲奏でてくれまいか」


帝が寝所に入ってから、伊子は承香殿へと足を進めた。少し前にやや東よりに位置していた月は、いつのまにか天頂に上っていた。それほど早足ではないはずなのに、胸が苦しくてしかたがない。

（まさか、こんなことが……）

一時の気の迷い。そんな馬鹿なことはあるはずがない。そう思い込んで、他人の気持ちを本気で受け止めなかった自分の浅はかさがいまになって呪わしいほどだった。気の迷いなどではない。もう何年もの間、帝は本気で伊子を想っていたのだ。

なんということだろう。畏《おそ》れ多いにもほどがある。できるはずがない。受け入れられるはずがないではないか。

伊子はぴたりと足を止めた。そうだ。畏れ多いと思うのは、勿体《もったい》ないからではなく受け入れられるはずがないからなのだ。

（なぜ？）

入内《じゅだい》の話が来たとき、最大の気掛かりは年齢差よりも乙女《おとめ》ではないことだった。そのときは問題が年齢差だけであれば、帝にここまで乞《こ》われれば観念していると思っていた。だが実際に乙女でないことにかんしては杞憂《きゆう》だった。だというのに、なおも受け入れられないと思っているのは――。

否応《いやおう》なしに嵩那の姿が思い浮かんで、伊子は反射的に目をつむった。馬鹿馬鹿しい。そんなことをしても消えるはずがない。脳裏《のうり》に浮かんだ人を追い払おうとして焦れば焦るほど、それは無駄な費《つい》えになってしまうだけなのに。

伊子はその場に立ちつくし、途方に暮れたように夜空を見上げた。

「なんとかしなくては……」

自らに言い聞かせ、正面に顔を戻したときだった。

「!?」

衝撃から伊子は顔を強張《こわば》らせた。承香殿を出たときはなにもなかった渡殿《わたどの》に、ふたたびあの刷いたような汚物が広がっていたのだ。

桐子達は、昨夜から里帰りをしている。

「誰が……」

伊子は茫洋《ぼうよう》とした思いでつぶやく。天頂からわずかに西に動いた月が、怖いほどに静かな光を床に落としていた。

第三話
ないものを求めても
しかたがない

登花殿《とうかでん》に物《もの》の怪《け》が出たという騒ぎが起きたのは、卯月《うづき》中旬のことだった。発端は直廬《じきろ》に使っている桐壺《きりつぼ》に雨漏《あまも》りが見つかったことだ。直廬というのは親王や公卿《くぎょう》達のために御所にもうけられた部屋で、宿直《とのい》や休憩時に使われる。桐壺は長い間その役割を担《にな》っていたのだが、雨漏りを修繕する間は登花殿に移動する話が持ち上がっていた。

その出鼻を挫《くじ》くように起きたのが、今回の物の怪騒動だったのだ。なんでも明け方に簀子《すのこ》を掃《は》いていた掃部《かむもり》の女官が小袿《こうちぎ》姿の女人《にょにん》を見かけたので声をかけると、すっと消えてしまったのだという。その騒ぎもあって登花殿に移動する話は立ち消えになり、代わりに桐壺の北舎（淑景北舎《しげいほくしゃ》）を使うことに決まったのだ。

「登花殿は駄目なのです。私、お父上から聞いたことがありますもの」

三つ目の粉熟《ふずく》を頬張《ほおば》ったあと、王女御《おうのにょうご》こと茈子女王《さいこにょおう》は訳知り顔で言った。弘徽殿《こきでん》を賜《たまわ》る御年八歳の孫王《そんおう》は、あたり前だが色気より食い気で、口許《くちもと》についた菓子のかけらなど気にもしていない。赤に朽葉《くちば》色をかさねた百合重《ゆりがさね》の細長《ほそなが》が生き生きとした愛らしい表情によく似合っている。女童《めのわらわ》の無邪気な姿に苦笑しつつ、三十二歳の新人尚侍《ないしのかみ》・藤原伊子《ふじわらのかのこ》は尋ねた。

「お父様？　先の兵部卿宮《ひょうぶきょうのみや》様がなにか仰せだったのですか？」

「はい。いずれの御時かは忘れましたが、かつて登花殿に帝《みかど》のご寵愛《ちょうあい》の薄いある女御がお住まいで、当時の御所にはそのお方の生霊《いきりょう》が夜な夜な出没していたそうです。なんでも登花殿の前に立って、清涼殿《せいりょうでん》の方向を恨みがましく見つめていたのだそうです」

　三十路《みそじ》の伊子としてはぞっとするよりも痛ましさを感じる話だが、むしろわくわくしたように語るのだから、意外と子供は無邪気で残酷《ざんこく》だ。

「そのようなお話があったのですか。存じ上げませんでした。されどその女御様は、すでにお隠れになられているのでしょう」

「ですから死霊になって彷徨《さまよ》っておられるということですわ、きっと」

　確信めいた物言いに、茈子のお付きの女房は小さく悲鳴をあげる。もちろん千草《ちぐさ》をはじめとした伊子付きの女房達も、ぞっとした表情で身をすくめている。それなのに茈子は好奇心に瞳を輝かせている。普通は子供こそこんな話は怖がるものなのに、どうして胆《きも》の太い女童だと伊子は感心した。

「生きているうちは生霊で、死してなお死霊とはまさしく六条御息所《ろくじょうのみやすどころ》ですね」

「六条御息所？　どなたのことですか？」

　きょとんとする茈子に、伊子は告げた。

「物語の中の人ですよ。『源氏物語《げんじものがたり》』というお話のね。女御様はもう少しお年を召されましてから、お読みになってくださいね」

「それほどに難しいお話なのですか？」

「というわけではなく、大人のための本ですから」

なにやら誤解を招きかねない表現だが、他に言いようがなかった。源氏は人の心の機微や構成などの点では優れた物語だと思うが、不倫《ふりん》やら密通《みっつう》やら不義の子やらの道徳的に難がある展開ばかりなので子供に読ませる話ではないだろう。

「大人のための本？　例えば『文選《もんぜん》』や『白氏文集《はくしもんじゅう》』とかのことでしょうか？」

「それは大人でも、どちらかというと殿方《とのがた》のための本ですね」

「大人の殿方のための本ですか」

「お、大きくなったら分かりますから！」

ますますを持って誤解を招きかねない表現に、伊子はあわてて話を打ち切った。ちなみに『文選』も『白氏文集』も、ともに唐土《もろこし》の詩文集である。確かに大人の殿方のための物だが、あくまでも教養の本だ。

釈然としないふうの茈子に、伊子は話をそらした。

「さあさ、そちらの唐菓子《からくだもの》を食べ終わったら、新しいお話を選びに行きましょう」

その誘いに茈子は素直にうなずいた。彼女は伊子が所有している民間の説話集の愛読者である。そもそもこの訪室の目的も、前に借りていた分を戻して新しいものを借りて帰ることだったのだ。

「では『源氏物語』とやらを読むのはもう少し待つことにいたしますが、私が大人になったら読ませてくださいね。尚侍《かん》の君はそちらの本もお持ちなのですか？」

「持ってはおりますが自宅に置いてまいりました。ですが、いまちょうど斎院《さいいん》様からお借りしたものを読み直しているところです」

「賀茂《かもの》斎院様？」

きょとんとした顔をする茈子に、伊子はやや渋い表情でうなずいた。

すでに既読である『源氏物語』を十数年ぶりに読み直している理由は、親友である賀茂斎院が心して読めと送り付けてきたからである。五十四帖《じょう》もある長編で今回は光源氏《ひかるげんじ》死後の『宇治十帖《うじじゅうじょう》』はいらないという伝言こそありはしたが、それでも四十四帖を読むのは一苦労である。

斎院が伊子に『源氏物語』を寄越した背景には、若干《じゃっかん》面倒な経緯があった。

事の起こりは、伊子が帝の自分への執心にかんして斎院に相談の文を出したことだ。斎院は母を早くに亡くした帝の養母で、持ち前のさばさばした気性もあって、帝に忌憚《きたん》なくものを言える唯一の女性だった。

しかしこれがあまりにも間が悪かった。というのも数日後に賀茂祭、俗《ぞく》にいう葵祭《あおいまつり》を控えた斎院御所は、それでなくともその準備で大忙しだった。そこにどういうわけか今年にかぎって、日が悪くて禊《みそぎ》の日が選べないとか、装飾に使う二葉葵が不作で必要な分が調達できないとかとにかくケチがつきまくり、斎院御所はすっかり殺気立っていたのだ。そんな状況を知らない伊子が長々と愚痴《ぐち》半分の相談の文を出したものだから、さばさばはしていてもけして気長ではない斎院の逆鱗《げきりん》に触れ、使いの者は半ば叩き出されるような形で御所から逃げ帰ってきたのだった。

『殺されるかと思いました』

まちがいなく大袈裟《おおげさ》に言っているはずなのだが、日ごろの短気な斎院を知っているだけに何故か納得してしまった。そして女房は斎院から預かったという『源氏物語』を伊子に渡して言った。

『こちらをお読みいただければ、なにか糸口がつかめるだろうと仰《おお》せでした』

斎院の状況から、返事は物語を読み終わるぐらいまでかかるという意味かと思った。ならば素直に読む必要もないのだが、糸口という言葉には引っかかる。そんな理由で伊子は『源氏物語』を再読中なのである。

茈子は最後の唐果物を口に放りこんだあと、妙に感慨《かんがい》深げに言った。

「それでは私が尚侍の君から本をお借りして、尚侍の君は斎院様から本をお借りしているのですね」

「そういうことですね」

「ならば私が、斎院様になにか貸してさしあげようかしら」

にこにこと笑みを浮かべて茈子は言った。不幸な生い立ちとは裏腹な、茶目っ気のある明るい性質に伊子は笑いを誘われる。

八歳の女御・茈子女王は産まれてすぐに母親を亡くし、四歳で父宮と死に別れた。その境遇を哀れんだ先帝が、将来のために自分の孫である今上《きんじょう》に入内《じゅだい》させたのだ。帝の妃《きさき》となれば少なくとも生活に困窮《こんきゅう》する心配はなくなる。父宮の喪《も》が明けてからの入内だったので、当時は十三歳と五歳という雛《ひいな》のような夫婦であったらしい。

「そういえば昨夜は、主上が天竺《てんじく》に伝わる楽しい話をしてくださいました。それも尚侍の君から、昔教えてもらったお話ですって」

「昨夜のお召は、王女御様だったのですね」

「ええ。今宵《こよい》もつづきを聞かせてくださるのですって」

茈子は無邪気に瞳を輝かせた。どうやら帝は、今宵も茈子を呼ぶつもりらしい。もちろん裳着《もぎ》も済ませていない幼妻《おさなづま》とは、本当の意味での夫婦でないことは公然である。それでも帝は十八歳という妙齢《みょうれい》の妃・藤壺女御《ふじつぼのにょうご》こと藤原桐子《ひさこ》よりも頻繁《ひんぱん》に、八歳の茈子を召しているのだ。口さがない女房や殿上人《でんじょうびと》達は、高貴な女人にあるまじき桐子の気の強さが寵愛の薄い原因だろうと噂《うわさ》をしているが、本当のところは誰にも分からなかった。しょせん夫婦の相性など、他人がうかがい知れるようなものではないのだから。

茈子に今日借りてゆく本を選ばせたあと、伊子は彼女を弘徽殿まで送って行った。普通尚侍がそんなことはしないから、茈子の女房は恐縮しきりだ。

「左大臣《さだいじん》の姫様にこのようなことをしていただくのは、心苦しゅうございます」

「かまいません。登花殿がそのような状況であるのなら、なおさら後宮を管理する者として女御様をお守りしなければなりませぬから」

事実上の侍妾として入った尚侍なら、女官としての仕事は免除されるだろう。だが伊子はちがっている。入内を拒《こば》んだ妥協案《だきょうあん》として出仕を求められたのだ。ならば女官としての責務を放棄すれば、帝を拒む根拠がなくなる。もちろんあくまでも自分の中での理屈で、本格的に帝から命ぜられればどうあっても拒むことはできない。それでも本来の意味での尚侍として責務を全《まっと》うすることで、伊子は自分の意思表示をしようと考えていた。

(まあ現実に物の怪を目《ま》の当たりにしたら、なにもできないけどね……)

なにかできたとしても、せいぜい経《きよう》を唱えるぐらいだろう。それとてさして信心深くもない自分の読経《どきよう》が、どの程度効果があるのか怪しいものである。

(どうぞ何事も起きませぬように)

しかし心の中で手をあわせつつ渡殿《わたどの》に出たところで、よりによって嵩那《たかふゆ》と出くわしてしまった。

(うわ、出た!)

現状では物の怪より厄介《やっかい》な相手に、伊子はあわてふためく。対して嵩那も顔をひきつらせたあと、気まずげに視線を泳がせた。

斎院の弟でもある式部卿宮《しきぶのきょうのみや》・嵩那親王は、かつて伊子の恋人だった男性だ。帝がそのことをすでに承知していたと本人から知らされたのは、数日前の十日余り月夜のことだった。うまく避けあったもので、それ以来の再会である。

「叔父様《おじさま》！　いらしていたのですか？」

大人二人の間に流れるぎこちない空気などまったく意に介さず、茈子は無邪気に声を弾ませた。茈子の父・故兵部卿宮は嵩那の異母兄なので、二人は叔父姪《めい》の関係になる。

嵩那はちらりと伊子のほうを見たあと、素知らぬ顔で茈子に微笑《ほほえ》みかけた。

「これは、王女御様におかれましてはご機嫌麗《うるわ》しそうで。先ほど宿直所で中将《ちゅうじょう》達と四方《よも》山話《やまばなし》をしてきたところです。今宵は彼が宿直なものですから」

「宿直所というと、淑景北舎ですか？」

「そうですよ。桐壺はもう修繕《しゅうぜん》作業に入っておりますからね。あのような騒ぎが起きたので、登花殿はしばらく使えなくなりそうですね」

「そうです。登花殿は駄目なのです！　あそこには物の怪が住んでおりますから、うかつに近づくべきではありません」

一際大きな声で力説する茈子に、嵩那は苦笑を浮かべつつ言った。

「さようにおびえずとも大丈夫ですよ。あれ以降、物の怪を見たという話は聞きませぬから。最初の目撃話も朝早い時間だったということですから、あんがい朝靄《あさもや》の視界の悪い中で見間違えたのかもしれません。疑心暗鬼を生ずとも申しますからね」

茈子がおびえているものと思ったのか、なだめるような物言いだった。しかし承香殿《しょうきょうでん》では同じ話を面白おかしくしていたのだから、この件に茈子がおびえているとは伊子には思えなかった。

「ところで尚侍の君」

とつぜん嵩那が呼びかけた。てっきり無視を決め込まれると思っていたので、伊子は驚いた。しかし考えてみれば茈子の前で急に無視しあうのも不自然で、かえって変な疑いを招きかねない。なにしろ茈子には、嵩那が伊子を抱え上げて汚れた渡殿を運んだ現場まで見られているのだ。

「はい、なんでしょうか?」

「貴女《あなた》にお借りしたい本があるのですが」

伊子は耳を疑った。唐突《とうとつ》過ぎるし、脈絡がないにもほどがある。そもそもそんな能天気なやり取りをする状況ではないだろう。二人の関係にかんして、帝から釘を刺されたばかりだというのに。

（どういうつもり?）

伊子は蝙蝠《かわほり》の奥から、探るような眼差《まなざ》しをむける。嵩那はまるで言いわけでもするように口を開いた。

「姉斎院から言われて……その、『源氏物語』を」

「まあ、それは大人の殿方のための本ですね。子供は読んではいけないという！」

ものすごく明るく言った茈子に、嵩那はまちがいなく硬直した。

「ちがいます、女御様。大人の殿方のための本は『白氏文集』や『文選』です」

あわてて伊子は訂正《ていせい》したが、嵩那はますます意味の分からぬ顔になってしまった。しかし渡殿でくだくだ説明することでもないので、伊子は強引に話題を戻した。

「それで宮様、斎院様が私から『源氏物語』を借りよと仰せだったのですか？」

だとしたら斎院の意図が分らない。伊子がいま所有している本は、半ば強制的に斎院が押し付けたものである。自分から貸しておいて嵩那に譲《ゆず》れとはどういうことだ。

「ええ、まあ……」

一度言いよどんだあと、嵩那は歯切れ悪く答えた。

「実は姉上に色々と相談の文を出したのです。ですが賀茂祭の準備で斎院御所は修羅場《しゅらば》状態だったらしく、使いの者が怒鳴られたあげく、貴女から『源氏物語』を借りろと言われたのだと報告してきまして」

「…………」

「怒鳴られたことまでは分かるのですが、なぜ貴女から『源氏物語』を借りることになるのかが理解ができなくて、それこそ貴女にお尋ねするのが一番かと思ったのです」

なるほど。事の次第はおおよそ見当がついた。もし伊子が嵩那よりあとに文を出していたら、同じ質問をこちらがしていただろう。

「なにか思い当たる節はございませぬか?」

大有りだと言いかけた矢先、いつのまにか先に進んでいた茈子が足を止めた。釣られたように目をむけた嵩那の横顔があきらかに険しくなり、不審に思った伊子は彼の視線を追いかけた。

「!?」

伊子は息を呑《の》んだ。少し先の渡殿の一面に、巨大な筆で掃いたようなあの灰色の汚れが広がっていたのだ。

「またか……」

うめくように嵩那が言い、伊子は無言でうなずく。そう、またなのだ。伊子が御所入りした翌日が最初で、これでもう三、四回にはなる。見た目は鳥の糞《ふん》のような汚れだ。もちろん御所でも野鳥は見かけるが、屋根のある渡殿がこれほど頻繁に汚れるものなのか疑問が残る。

「すみません、すぐに掃除をいたします」

弘徽殿側から聞きなれぬ声がした。汚物のむこうに姿を見せたのは、桶《おけ》を抱えた十歳ぐらいの女孺《じょじゅ》だった。女孺とは掃除等の雑事を担当する下級の女官のことである。

「楪《ゆずりは》！」

弾んだ声と同時に、少女に駆け寄ろうとしたのは茈子だった。しかしとっさに腕を伸ばした嵩那に手首をつかまれる。

「駄目ですよ、お召し物が汚れてしまいます」

汚物は子供の歩幅でもまたぐことができる大きさだったが、裾《すそ》を引く細長ではまちがいなく汚してしまう。楪と呼ばれた少女は朗《ほが》らかな声をあげた。

「女御様。仕事が終わったら私のほうからおうかがいしますので、お人形遊びはそのときにいたしましょう」

茈子は顔を輝かせた。なるほど、そういう関係なのかと伊子は納得した。

女御と女孺という身分差のある二人だが、年頃という点では同じくらいだから良い遊び相手になっているのだろう。高貴な身分の者はたいてい乳母《めのと》に育てられるので同じ年頃の乳兄弟《ちきょうだい》がいるものだが、そういえば茈子の周りには見当たらなかった。子供は病や怪我《けが》に弱くどうしても死亡率が高くなるので、実はそのようなことは珍しくない。

（そうよね。いくら相手をしてもらっていても、大人ばかりじゃ面白くないわよね）

しみじみと伊子は思った。高貴な姫君はそれで当たり前かもしれないが、その点で千草という乳姉妹に加えて斎院という同年代の親友までいる伊子は恵まれていたのだろう。いかに周りの大人があわせて相手をしてくれても、同じ目線で話しあえる同世代の友人とはまったくちがう。たとえ衝突することがあっても、いや、むしろそれこそが同世代の友人の醍醐味《だいごみ》だと思う。

「すみません。まだ新しい汚れのようですから、水を流せばすぐに取れると思います」

「やはり、これは鳥の糞なのか？」

嵩那の問いに、楪はこくりとうなずいた。

「だと思います。なんの鳥かは分かりませんが、おそらく烏《からす》ではないかと。あいつらはどこにでも糞を落としますから」

それはその通りだが、ある程度大きなあの鳥が、屋根の下をくぐり抜けて飛んだりするものだろうか？　雀《すずめ》や時鳥《ほととぎす》あたりの小さな鳥なら分かるのだが。

不思議に思った伊子は楪に目をむける。

「あなたに尋ねたいことがあります」

楪はびっくりしたように眼を見開く。例外的に女御と親しくしているとはいえ、下級女官である女嬬にとって尚侍は雲の上の存在だ。

「な、なんなりと」

「実はこれまで幾度か同じような汚れを目にしているのですが、ひょっとして御所のどこかに、鳥の巣があるのではありませぬか？」

そうあってくれと、内心で祈るような気持ちだった。そうであれば、これまでが取り越し苦労だったとしてでも安心できる。

行く先々で渡殿が汚されるこの一連の騒動を、伊子の出仕を快《こころよ》く思っていない桐子の嫌がらせではと疑ったこともあった。しかし桐子が彼女の女房達とともに里帰りをしていた先日の夜にも同じことが起きたのだ。桐子以外に自分を快く思っていない者がいるとしたら、心当たりがないだけに気味が悪い。

「そんなもの、御所にはあるはずがないじゃないですか」

即座に否定したのは、楪ではなく茈子だった。存外に強い口調に伊子は驚く。

（あ、ひょっとして……）

そのつもりはなかったが、上官として楪を追及しているように受け取られたのかもしれない。たとえ些細《ささい》な発言でも、伊子の立場からでは下の者は過敏にとらえてしまう。まして相手が幼いのだからなおのことだ。何気ない物言いも、上に立つ者は気を遣わなくてはいけなかった。

「残念ながら私も、それはないと思います」

横から口を挟んだのは、嵩那だった。

「先日も同じような現場に遭遇《そうぐう》したでしょう。あれ以来、意識して木の上や軒下《のきした》を見て回ったのですが、それらしきものには気づきませんでした」

「やはり、そうですか……」

だろうとは思っていたが、伊子は消沈した。

では、なぜこんな気味の悪いことがつづくのだろう。思い悩む伊子に嵩那が、まるでなだめるように言った。

「掃部《かむもり》の者には迷惑な話ですが、考えようによっては気楽かもしれませんよ」

「え？」

「これだけ同じことばかりが繰り返されるのなら、逆に言えばこれ以上の悪さをするつもりはないということになりますから」

「!?」

「床を汚すだけでしたら、たとえ繰り返されたところで怪我をするようなことはありませんからね」

嵩那の言葉に伊子は目から鱗《うろこ》が落ちたような気がした。

なるほど。そういう考え方もあるのかと、少し気が軽くなった。

「もうよろしいですか？　糞が乾かないうちに水をまきますから」

汚物を挟んだ向かい側で、楪が床に置いた桶に足をかけて元気よく叫んだ。先ほどちらりと口にしていたが、汚物を水で洗い流す作戦らしい。もちろんそれだけでは落ちないだろうから、そのあとは掃除道具でこするつもりなのだろうが。

「待て、待て、待て──っ！」

嵩那が悲鳴に近い声をあげた。いままさに桶を蹴《け》り倒そうとしていた楪は、寸前で足を止めた。

「ちょっと待て。いまから迂回《うかい》をするから」

常寧殿《じょうねいでん》に繋《つな》がる渡殿を指差しながら、嵩那は言った。確かにここで景気よく水をぶちまけられては、こちらにいる伊子達が被害を蒙《こうむ》る。しかも流れてくる水は、少なからず汚物を含んだものだから被害は甚大《じんだい》だ。どうやら楪はその結果にまったく頭が回っていないようである。子供だからしかたがないが、けっこう大雑把《おおざっぱ》な性格らしい。

「そ、そうね。少し待ってちょうだい」

伊子は茈子と乳母を促し、嵩那に付き従われて急いで迂回路に入った。

「もう良いわよ」

伊子が言うと、楪は待ちかねたように水がなみなみと入った桶を蹴り倒した。

「わー、すごい！」

豪快にあたりに散った水飛沫《みずしぶき》が、日の光を浴びてきらきらと黄金色に輝いた。一瞬のそのさまに、茈子は子供らしいはしゃいだ声をあげた。

弘徽殿まで茈子を送り届けたあと、伊子は嵩那とともに承香殿に戻った。なぜかというと、斎院から借りた『源氏物語』を彼に貸すことになったからだ。もちろん伊子はまだ読み終わっていない。しかし以前にも一度読んだ話だし、いざとなれば自宅にある本を持ってこさせることもできるので先に読んでもらうことにしたのだ。

夏の几帳《きちょう》は帳《とばり》に生絹《すずし》という透けた素材を使っている。そのむこうに嵩那を招き入れてから、伊子は女房に本を持ってこさせた。なにしろ四十四帖《じょう》もあるから、収めた箱もそれなりに大きなものになる。

「いかがなさいますか？　あとで届けさせましょうか？」

「大丈夫です。車で来ておりますから」

几帳のむこうから聞こえる嵩那の声は陽気だが、二人の間に流れるぎこちない空気の存在を伊子ははっきりと感じていた。渡殿では茈子の存在が誤魔化《ごまか》してくれていただけだ。そもそもあんなことが起きたのに、まったく触れないなどと逆に不自然過ぎる。

――今宵の見事な月を祝して、私のために一曲奏でてくれまいか。

冷ややかな月が輝く夜に告げられた、帝のあの言葉。伊子に対する恋情を語ったあとでのあの言葉が、牽制《けんせい》などの生易しいものであるはずがない。

言葉自体は依頼でも、あれは命令だ。十三歳年長の嵩那に自分のために笛を奏でよと命じることで、帝は自分がこの世に等しく並び無き存在で、この国にあまねく全てを従えさせる存在であることを宣言したのだ。

帝という立場を考えれば、恫喝《どうかつ》にも等しい。

嵩那に対して自分が所望《しょもう》する女に手を出してはいけないと釘を刺し、伊子に対して自分の想いを忘れるなと、あらためて帝は告げたのだ。

（それなのに――）

伊子は自分の中に芽生《めば》えはじめ、密やかに息づきつづけている感情が恐ろしかった。

再会以降、伊子は間違いなく嵩那に惹《ひ》かれていた。焼けぼっくいに火が付いたのか、まったく新しい恋が芽生えたのかは分からない。しかしその感情の存在だけは、いかに取り繕《つくろ》おうと否定のしようがなかった。

だが帝から求愛されている立場でこの想いを貫くことは、貴族の娘としてけしてできないことだ。

「しかし姉上も、なぜこのようなものを読めと」

巻数に辟易《へきえき》したのか、うんざりしたように嵩那は言った。伊子の動揺《どうよう》とは裏腹に、彼の様子は至って普通に見える。

（やはりこの方は、御所という場所をよく存じていらっしゃる）

自分との歴然とした差を痛感する。とうぜんだ。新参者の伊子とはちがい、嵩那は元服《げんぷく》以来ずっと御所での複雑な人間関係にもまれて過ごしてきたのだ。帝にあそこまで言われたのなら、以前のような大胆《だいたん》な行動に出ることはもはやないだろう。

（そうよね。この方ももう大人なのだから……）

その理性に感心しながらも、反面でどこかに恨めしいという気持ちがあった。だが嵩那がそうあるのなら、伊子も同じく大人として応じるしかない。そうしなければ大変なことになってしまう。自分達だけではすまない。たがいの家族、家臣までも巻きこんで御所に混乱を起こしてしまうだろう。それぐらいは世間に出たばかりの伊子でも分かる。

拭《ぬぐ》いきれない未練に見ないふりをし、平静を装《よそお》って伊子は尋ねた。

「宮様は、『源氏物語』をお読みになったことはありませんか？」

「ないですね。女人《にょにん》の読むものだと思っておりましたから」

「さようでございますか。私もずいぶん昔に読みましたので細かい部分は失念いたしておりますが、人の心の機微等、優れた物語だったと記憶しております。特に六条御息所の下りなど、例の登花殿女御の話を連想させますよ」

伊子の最後の言葉に、嵩那は訝《いぶか》しげに言った。

「登花殿女御？　なんですか、それは」

「あ、ご存じなかったのですね」

少し意外だった。八歳の茈子が知っているぐらいだから、御所では有名な話だと思い込んでいたのだ。

「王女御からお聞きしたのです。かつて登花殿に帝から顧《かえり》みられない女御がお住まいになられていて、当時の御所ではそのお方の生霊がたびたび見られたのだそうです。それでこたびの物《もの》の怪《け》の正体は、その女御の死霊ではないかと女房達が噂をしているのです」

「さような話があったのですか。はじめて聞きました」

やはりさほど有名な話ではなかったようだ。

それから取り留めもない会話を交わしたあと、嵩那はあらためて言った。

「ではお借りしていきます。急いで読んで、早めにお戻しできるようにしますね」

「いえ、長い話ですから。私は実家から自分の分を持ってこさせますから、お気になさらずゆっくりお読みくださいい」

無難に返答した伊子は、そうすれば嵩那もなんらかの糸口がつかめるものだろうかと考えた。弘徽殿から戻る途中、伊子は自分が斎院から言われたことを嵩那に教えた。嵩那が、斎院が『源氏物語』を借りるように指示した理由が分からないと言っていたからだ。

だが斎院が伊子に言ったのと同じ思いで、嵩那に『源氏物語』を読むように言ったのかどうかまでは分からなかった。そもそも嵩那が、伊子と同じ思いで斎院に相談を持ちかけたのも分からない。あんがい彼は、この状況を解決するための糸口など求めていないのかもしれない。先ほど渡殿で鉢合《はちあ》わせをしてからの嵩那の伊子に対する態度は、これまでとほとんど変わらなかった。御所という場所、世間というものを周知している嵩那は、伊子ほどに思い悩んではいないのかもしれなかった。

「姉上は貴女に、これを読めばなにか糸口がつかめるだろうと仰せだったそうですね」

いままさに心を読まれたのかと思うような嵩那の言葉に、伊子は驚いて顔をむける。するとどうしたはずみだったのか、それまで帳越しにおぼろにしか見えなかった嵩那の顔が、ほころび（几帳の帳に設けられた風穴）からはっきりと見えた。彼もまた、ほころびから伊子の顔を見つめていたのだ。

視線が重なり、そのせつな、時が止まったようになる。

息を詰めるようにして見つめあったあと、呼吸と同時に理性を取り戻した。どちらともなく視線をそらしたあと、嵩那は本を収めた箱に視線を落としたまま言った。

「私もこの本を読んで、是非《ぜひ》とも糸口らしき物をつかみたいと考えております」


賀茂祭に先立って行われる斎院御禊《さいいんごけい》は、斎院が賀茂川に赴《おもむ》き禊《みそぎ》を行う儀式である。数多《あまた》の文官武官を従えてのこの行列は大変に華やかなもので、祭当日に行われる賀茂神社への行列と並んで、大勢の見物客が押し寄せる一大行事だ。

「いや、いや、今年も大層に華やかな行列でございましたぞ」

上機嫌で入ってきたのは左大臣・藤原顕充《あきみつ》。伊子の父親である。斎院御禊を物見した後そのまま顔を出したとみえて、服装は出仕のための束帯《そくたい》ではなく日常着の直衣《のうし》である。中納言《ちゅうなごん》以上で許可を受けた者は直衣での参内《さんだい》が許されている。

伊子は蝙蝠《かわほり》を揺らしながら、感慨《かんがい》深げに言った。

「今上の御世になり、はじめての祭ですもの。きっと華やかに行われるでしょう。これは本番が楽しみですね」

「その日は大君《おおいきみ》も宿下がりを願い出て、見物にいらっしゃれば良かろう」

「私は家にいたときに何度も拝見致しておりますので、他の者に譲《ゆず》りますわ。なにしろ女房達がこぞって宿下がりをして見に行くと申しておりますので、このうえ尚侍である私まで御所を空けるわけにも参りませぬ。なんといっても新参者ですしね」

冗談めかして言うと、顕充は声をあげて笑った。伊子もつられたように微笑《ほほえ》んだ。久々に会った父親。しかも変わらぬ朗らかな話しぶりに、出仕以来の緊張が少し解《ほぐ》れた気がした。

「お父様。今日はもう家にお帰りですか？」

「いや、今宵は宿直なのだよ。その前に大納言に宴《うたげ》に誘われたのだが、そなたのところに寄ろうと思うて断ってきたのだ」

父はなんの屈託もないように言うが、伊子は少しばかり冷ややかな気持ちになった。先帝の御世では、父を自宅の宴に誘うような者はいなかった。帝の勘気《かんき》を蒙ったために、左大臣という立場にありながら政《まつりごと》から遠ざけられていたからだ。

しかしいま父は帝の寵臣《ちょうしん》として返り咲き、その三十路《みそじ》の娘はなんの冗談なのか帝から想いを寄せられている。なるほど、実に分かりやすい。

（ほんとお父様ったら、人がいいんだから……）

言葉ほどは不満を覚えず、やれやれというぐらいの気持ちで伊子は思った。

誰を追い落とすこともなく、ひたすら耐えることで地位を取り戻した顕充は、その人柄もあって周りから恨みを買うことはほとんどない。弟の実顕《さねあきら》も、正妻との間にすでに男児をもうけているから後継ぎにかんしても安泰だ。五十の賀《が》を過ぎてのこの人生は、誠実に生きていればきっと最後にはいいことがあるのだと体現しているかのようだ。

（こうなるとお父様の悩みの種って、ひょっとして私だけかしら）

そう考えると少し気が滅入《めい》る。色々理由があったにせよ、悪あがきなどせず素直に入内《じゅだい》をしていれば、今頃は顕充ももっと晴れ晴れとしていただろう。変わらず娘に対して穏やかにふるまう父親に、伊子は申し訳ない気持ちで胸がいっぱいになる。先の東宮《とうぐう》への入内を自分の失態でつぶしたという負い目があるからかもしれないが、出仕前も出仕後も、顕充は娘を不安にさせるようなことはけして口にしなかった。

そのとき、伊子の脳裏《のうり》にひとつの疑問が浮かんだ。

（じゃあどうして兵部卿宮様は、王女御にあんな話を？）

父親が幼い娘を不安にさせるような怪談など、普通するものだろうか。なんらかの教訓がらみだとか、よほどの変わり者でもないかぎりしない気がする。

「ところで、そろそろ登花殿も大丈夫なのではという話が出ておるのだよ」

顕充の言葉に伊子は物思いから立ち返った。

「はい？」

「物の怪騒ぎで遠ざけることになってしまったが、あれ以降は物の怪を見たという話はついと聞かぬ。公卿《くぎょう》たちの間では、案外その女官が寝ぼけて見間違えたのではという話にもなっておるのだ」

確かにそれは考えうる話だが、茈子から聞いた登花殿女御の話もあるので一概《いちがい》に同意することはできなかった。

「ですがお父様。登花殿女御の話が……」

「登花殿女御？」

顕充は首を傾《かし》げた。

「なんの話だね、それは」

「お父様もご存じないのですか？　登花殿には以前にも物の怪騒ぎがあったのだと」

「そのような話が？　いや、私は存じぬよ」

なんと知らなかったのは、嵩那だけではないようだ。しかも公卿達も、女官が寝ぼけて見間違えたのだろうと語っているのなら同じことのようだ。となるとやはりこの話は、それほど知られたものではないのだろうか。

「では女官達が怖がって近づかないため、登花殿の掃除がままならないというのもその話のせいかもしれぬのう」

「お父様、よく御存じで」

本来なら叱責《しっせき》してでも仕事をさせるべきなのだろうが、事情が事情だけに強制するのも可哀《かわい》そうで、とうぶん登花殿を使う予定もないので伊子も黙認していたのだ。しかし直廬《じきろ》として使うというのなら、そんなことも言っていられない。

「申しわけございません。なんとかするように――」

「いや、もし女達の手に余るようであれば、掃部寮《かむもりのつかさ》に命じて男達に掃除をさせようかと考えておるのだが、内侍司《ないしのつかさ》としてはそれでかまわぬものであろうか？」

「それはもちろん。むしろこちらからお願いしたいぐらいです。掃部の女官には勾当内侍《こうとうないし》から伝え――」

伊子が言い終わらないうちだった。表から絹を引き裂くような、女の悲鳴が聞こえてきた。いや、女というよりはむしろ少女のような声だった。

（王女御様!?）

立ち上がった伊子はまちがいなく顕充より早く、それどころか承香殿の女房の誰よりも早く殿舎を飛び出していた。実家では高貴な姫の例に違《たが》わず引きこもりだったが、亡き母に代わって主婦として立ち働いていたので、実は屋内での足の動きは軽いのだ。

弘徽殿のほうに足を進めると、悲鳴を聞きつけたのかあちこちから女房や官吏《かんり》達が飛び出してきていた。

「なにごと？」

「どこ、誰？」

声の出所が分からずに右往左往《うおうさおう》する女房達を後目《しりめ》に、伊子はすっかり慣れた唐衣裳《からぎぬも》で軽やかに駆け抜けた。姥《うば》であろうと左大臣家の姫君である。正装を着こなせないでどうするという意地が成し遂げさせた技である。

伊子がむかったのは登花殿だった。悲鳴という不穏な事態に、物の怪騒ぎを連想したのだ。弘徽殿の簀子《すのこ》をぐるりと回りこむと、はたして登花殿との渡殿《わたどの》にはしゃがみこんで泣き叫ぶ茈子がいた。

「女御様！」

伊子の声に茈子は泣き濡れた顔をむけた。見ると茈子のそばに誰かが倒れていた。小袖《こそで》に切袴《きりばかま》をつけた少女は、うつ伏せのままぴくりとも動かない。

「尚侍の君……」

「女御様、どうなされたのですか！」

伊子が駆け寄ると、倒れていた少女は重いものを持ち上げるように顔をあげた。一瞬最悪のことを考えただけに、それだけで伊子は胸をなでおろした。よもや『源氏物語』のように物の怪に取り殺されたのかと疑ってしまった。

少女は楪だった。伊子はその場にしゃがみこんだ。

「楪、なにが起きたのですか?」

「登花殿に……」

うめくように楪が告げた名称に、伊子はぎょっとして身をすくませた。

「物の怪がいて、突き落とされました」

すっと血の気が引き、瞬時に手足が氷のように冷たくなった気がした。そのかたわらで茈子はおびえた表情で楪を見つめている。

「大君、どうしたのじゃ」

顕充の声が聞こえた。

「いかがなされたのです?」

「何事か!」

背後からばたばたとした足音と衣擦《きぬず》れの音が聞こえてきた。それらは伊子達がしゃがみこむ渡殿の床に、まるで地鳴りのような大きな振動を生じさせた。

「由々《ゆゆ》しき事態であるな」

御簾《みす》越しに顕充の話を聞いた帝《みかど》は、険しい表情のまま言った。

泣きじゃくるばかりで話ができない茈子《さいこ》に代わり、伊子に事情を説明したのは苦痛に喘《あえ》いでいた楪だった。一連の騒動も下火になってきたようなので、これまで避けていた清掃をしようと登花殿《とうかでん》にむかったところ、簀子に立つ物の怪に襲われて高欄《こうらん》から転がり落ちたのだという。なんとか這《は》い上がってきたところを茈子が見つけて、あの悲鳴だったというのだ。

「しばらく物の怪の話を聞かなかったので、すっかり安心しておりましたが……」

苦渋《くじゅう》に満ちた顕充の声音《こわね》に、周りで殿上人《てんじょうびと》達は声をひそめる。

「最初の目撃以降は、見たという者はおらなんだのに」

「しかもよりによって、斎院御禊《さいいんごけい》の日とは」

御禊の見学に人々が出払っていたため、取り急ぎ清涼殿《せいりょうでん》に集《つど》える者は少数だった。顕充以外の殿上人は、蔵人頭《くろうどのとう》と他数名の参議《さんぎ》だけという有様だ。女房の数も少なく、帝の間近に控えられる身分の者は伊子だけだった。

しかしそんな中でも御座所《おましどころ》の左右には、泣き出しそうな顔の茈子と険しい表情の桐子《ひさこ》がそれぞれに座っていた。騒動はとうぜん御所中に筒抜《つつぬ》けとなり、日頃は朝議《ちょうぎ》になど関心を示さない桐子までも引っ張り出してきたのだ。

緊迫したこの場でも、十八歳の若い妃《きさき》の紅と紫をかさねた薔薇重《ばらがさね》の小袿《こうちぎ》姿は圧倒的な艶《あで》やかさにあふれている。桐子に対しては小憎らしいという印象しかない伊子だったが、十六歳の美貌《びぼう》の少年帝にふさわしい姿形であることは確かだった。

殿上人達の会話に、帝はいっそう不安げな表情で尋ねる。

「して、その女孺《じょじゅ》のあんばいはいかがなものなのか？」

「は、まだ詳しくは――」

「恐れながら、それは私のほうからご説明申し上げます」

顕充の返答を遮《さえぎ》って伊子は言った。楪の治療を済ませた薬師《くすし》には、その足で承香殿《しょうきょうでん》に来るように命じた。内侍司《ないしのつかさ》の長官である尚侍は、数多《あまた》の女官達を総《す》べる立場にある。すべての者を把握《はあく》することは無理でも、その身になにか異変が起きたのなら経緯は知っておかなければならない。

「薬師の見立てでは、左足の筋をひどく違えているとのことです。不幸中の幸いで骨に異状はないとのことですが、打撲《だぼく》もひどいのでしばらくは歩けぬであろうという話でした」

眉《まゆ》を曇らせた帝に、殿上人達が励《はげ》ますように勇んだ言葉を口にする。

「主上、やはり祈禱《きとう》を行いましょう」

「前回の騒動のときは、それ以降の目撃者がいなかったので侮《あなど》っておりましたが、これは本格的に人に災《わざわ》いをなす物の怪のようです」

「このうえは徳の高い僧侶《そうりょ》をお呼びして、強力な祈禱を行うべきかと」

「御所に災いをなす物の怪を一網打尽《いちもうだじん》できる、法力の強い方にお頼みせねば」

「それならば、私に心当たりがございますぞ」

「おお、頼もしいお言葉を――」

「お待ちあれ！」

彼らのやりとりを遮り、高い声をあげたのは桐子だった。帝はもちろん、控えていた者全員がぎょっとした顔をする。

伊子も不審を抱いた。気の強い桐子だから物の怪に対しておびえるだけということもないのだろうが、なにを言い出すのか想像ができなかったからだ。そもそも女房を介さず自ら声をあげるというのも、女御としてあるまじきふるまいだ。とはいえ桐子は、伊子と出会った当日も蝙蝠《かわほり》すらかざさずむきあってきたから、少なからずそのような破天荒《はてんこう》な傾向にある女人《にょにん》ではあるのだが。

帝は臣下達にむけていた目を、桐子にと動かした。

「藤壺《ふじつぼ》、いかがいたした？」

「女房達の噂《うわさ》では、登花殿の物の怪はかつてそこにお住まいだった女御の怨霊《おんりょう》ではないかということでございました。このことを主上はご存知でしょうか？」

桐子の発言に伊子は驚いた。はじめてその話を知っている人に会ったからだ。嵩那《たかふゆ》も顕充もはっきりと知らないと言ったし、確認はしていないが殿上人達も同じようであった。もっとも桐子の場合、女房達の口の端に乗って茈子のお喋《しゃべ》りが耳に入ったということも考えられる。伊子と茈子の女房と桐子の女房が親しくしているとは到底思えないが、人の口に戸は立てられないものだ。

桐子の言葉に、帝は驚いた様子もなくうなずく。

「そうらしいね。王女御から聞いたよ」

つまり帝も、茈子から聞くまでは知らなかったということだ。ならば、やはり古くから御所に伝わる話ではないようである。

帝の答えを受けた桐子は、ここぞとばかりに語気を強くした。

「そのようにやんごとなきご身分の方を、あたかも鬼に対するように力ずくで祓《はら》うことはあまりにも心無いふるまいかと存じます」

一理ある言い分だが、桐子の抗議に帝は不快げに眉を寄せた。ただそれは内容よりも、むしろ彼女の好戦的な口調に気分を害しているように見えた。

「されど現《うつつ》にひと一人が怪我をさせられている。生ぬるい策を講じて大惨事になれば取り返しがつかない」

「物の怪が本当にわが君の御世に災いをなすつもりであれば、最初からこのような生ぬるい真似《まね》は致しませぬ。菅公《かんこう》（菅原道真《すがわらのみちざね》）や崇道天皇《すどうてんのう》（早良親王《さわらのしんのう》）をご存じでしょう。怨霊が本当に世を滅ぼすつもりであれば、日照りをおこして疫病《えきびょう》を蔓延《まんえん》させ、雷《いかずち》で御殿を焼きはらいます」

明らかな帝の不機嫌にも、桐子はまったく臆することなく反論した。彼女らしいと言えばそうだが、高貴な女人として夫に対する理想的な振るまいではまちがいなくない。

（言っていること自体は、別にまちがっていないんだけど……）

同じことを言うにしてももう少し穏やかな言い方をすれば良いのに、自分の主張を通すことに集中するあまり、まわりを気遣う余裕を失っている。

あんのじょう御簾《みす》のむこうの殿上人達の間には、呆《あき》れ果てた気配が立ちこめている。帝の寵を求める立場にありながら公然と異論を唱える桐子は、誇りを捨ててまで男に好かれようと本能的に思っていないのだろう。

それは若さゆえの浅慮《せんりょ》かもしれないが、立場や世間の目を気にしない彼女のふるまいを伊子は少し眩《まぶ》しくも感じた。

「恐れながら、私も藤壺女御様の仰《おお》せの通りかと存じます」

伊子の賛同に、誰よりも驚いた顔をしたのは桐子だった。これまでの険悪な関係を考えればとうぜんだろう。御簾のむこうで殿上人達がざわつきだしたが、かまわず伊子は話をつづけた。

「もちろん怪我人には災難ではありますが、この程度の被害ですんでいる物の怪の機嫌を損《そこ》ねて怒りをさらに増幅させては、世を震撼《しんかん》させる大怨霊になりかねませぬ。ここは力でねじ伏せるより、慰撫《いぶ》して成仏《じょうぶつ》にと導いてさしあげるべきかと存じます」

自分の意見を後押しする伊子を、桐子はぽかんとして眺めている。いっぽうで帝は、桐子とはちがう諭《さと》すような伊子の物言いに、気難しかった表情を和《やわ》らげた。

「では、尚侍の君。貴女《あなた》になにか策があるのか？」

「ありきたりではございますが、是非とも登花殿女御様に贈号《ぞうごう》なさることをお勧めいたします」

恨みを持って亡くなった人間に対して位や名を与えることは、その霊を慰める有効な手段のひとつとされている。早良親王に対する崇道天皇などはその典型である。

先刻まで不機嫌さを隠さなかった帝だったが、もともとは思慮《しりょ》深い性質《たち》だ。すっかり日頃の落ち着きを取り戻したうえで、あらためて伊子に問うた。

「それは考えうる策だが、その女御がいつの御世のなんという方なのかが分からなければ贈りようがない」

「それは調べさせれば、記録が残っているとは思います」

殿上人の誰かが言った。御所ではたいていの出来事は、記録として残す習慣がある。その物の怪が茈子が言うように当時の者達を震撼させたのなら、間違いなくなんらかの記載はあるだろう。とは言ってもそれを話す茈子自身には、まったくおびえた素振りはなかったけれど――。

（あれ？）

ふと思いついた疑問に、伊子は首を傾《かし》げた。せつな、その疑問がこれまでずっと引っかかっていた疑問とまるで鍵《かぎ》が嵌《はま》るように嚙《か》みあった。そして次の瞬間、頭の中でかちゃりと音をたてて蓋《ふた》が開いた気がした。

（え、まさか？）

伊子は急いで視線を茈子にむけた。彼女は相変わらず泣き出しそうな顔をしている。御簾《みす》のむこうで誰かが言った。

「では、早急に女御の身元の調査を――」

「お待ちください！」

あわてて伊子は声を張りあげた。帝と頭充はもちろん、桐子に茈子と、その場にいる全員の視線が集まった。

「後宮のことです。尚侍たる私が責任をもってお調べいたします」

御禊行列に随身《ずいしん》として参加していた嵩那が承香殿を訪ねてきたのは、丸々と肥《こ》えた月が天頂に近い位置に昇ったころだった。彼を呼んだのはもちろん伊子である。『源氏物語』を貸したときのやりとりを考えれば、断られることを覚悟していた。そのあと生じるであろうやきもきを考えれば、むしろそのほうが気楽だったのかもしれない。

だが予想に反して嵩那はやってきた。そのことに戸惑いながら、どこかで喜んでいる自分を伊子は自覚していた。

御簾のむこうに嵩那を連れてきたのは千草《ちぐさ》だった。これから話す内容を考えて、他の女房は下がらせている。冠に葵《あおい》の葉を飾った賀茂祭《かもまつり》の装《よそお》いのままの嵩那が座ったのを確認してから伊子は一礼した。

「お疲れのところをお呼びたてして、まことに申し訳ございません」

「いえ、御所では大変なことが起きたようですね」

「すでにお聞き及びですか？」

伊子の問いに、嵩那はうなずいた。

「女嬬の怪我が大事に至らなかったのは幸いでしたが、王女御はさぞ心を痛めておられるでしょうね」

疑った様子もなく嵩那は言うが、伊子はすでに確信していた。だからこそこんな微妙な心境にもかかわらず嵩那を呼んだのだ。真相が伊子の推察通りだとしたら、様々な要素を鑑《かんが》みても、王女御と親しい嵩那以外に相談できる人はいなかったのだ。

「まことに執念深い物の怪ですね」

「その物の怪の正体。おそらく分かりました」

「は？」

短く声をあげたあと、嵩那は信じがたいというふうに尋ねた。

「……お心当たりがあるのですか？」

「そもそも登花殿女御とは何者ですか？」

逆に問い返され、嵩那はしばし言葉を失ったようになる。やがて彼はゆっくりと首を横に振った。

「実は貴女からその話を聞いたあと、いずれの御時かと興味半分で調べてみたのです。されど該当《がいとう》するような女御の記録は見つかりませんでした。二十年在位した先帝、あるいは私の父である先々帝の御世にも、登花殿を賜《たまわ》った妃《きさき》にはそのような不遇をかこった方はおられなかったのです」

予想通りの答えだった。

「ですが物の怪の噂などそのようなものだろうと思って、あまり気にはしていなかったのです。兵部《ひようぶ》卿《きようのみや》宮も女房達の噂話を耳にして、何気なく王女御に話したのだろうと……」

「父親が四歳の娘に、わざわざそのような恐ろしげな話を聞かせるものでしょうか？」

伊子の指摘に、嵩那は言葉を途切れさせた。あたかもその隙《すき》をつくように、伊子は昼のうちに調べさせた事実を告げた。

「最初に物の怪を見たという女嬬は、楳でした」

「え？」

「こたびの物の怪騒動は、おそらく王女御様の作り事です」

伊子の断言に、嵩那はしばし無反応だった。あまりに想定外のことすぎて混乱してしまっているように見えた。

それが死霊であれ生霊であれ、一般的に物の怪は人の存在があってこそのものだ。しかし登花殿女御の話が茈子の虚言だとしたら、自動的に物の怪の存在は否定される。しかも最初に物の怪を見たと証言した女嬬は、茈子と親しい楳だった。

先ほどの物の怪に突き飛ばされたという、楳の証言も不自然だった。それなら真っ先に聞こえるのは楳の悲鳴であるべきなのに、伊子達が聞いたのは茈子の悲鳴だけだった。

「つまり、物の怪など最初からいなかったのです」

「いや、ちょっと待ってください」

得々と語る伊子を、嵩那は一度止めた。そうして様々な情報を整理するかのように間を置く。

「……………ではなぜ、王女御はそのような偽りごとを？」

「それは私にも分かりかねます。されど解決の糸口は登花殿にあるものと思われます」

「つまり、登花殿から人を遠ざけるためにそのような偽りごとを？」

嵩那の問いに伊子はうなずいた。理由は分からない。だが王女御は、こんな人騒がせな真似をしてまで登花殿から人を遠ざけたかったのだ。

やにわに伊子は立ち上がると、蝙蝠をかざしたまま御簾をくぐり抜けた。唐衣裳《からぎぬも》はすでに解き、白に青（緑）をかさねた卯《う》の花重《はながさね》の小袿《こうちぎ》姿で身軽である。

とつぜん飛び出してきた（？）伊子を、嵩那も千草も目を円《まる》くして見上げる。

「というわけで、いまから登花殿に行ってまいります」

「いまからですか？」

嵩那ではなく、彼の横にいた千草が声をあげた。それはそうだろう。燈籠《とうろう》の火は灯っているが、人気《ひとけ》のない夜の殿舎などたとえ物の怪が嘘であっても恐ろしげな場所だ。鬼や悪霊が出没する暗闇への恐怖は、誰しも子供の頃から植えつけられている。

「姫様、明日に致しましょうよ。今宵《こよい》は風も強くて、登花殿に行く間に紙燭《しそく》の明かりも消えてしまいます」

「燈籠はまだ灯っているでしょう」

「で、でも怖くないのですか？」

「怖くないわけじゃないけど、こんなモヤモヤした気持ちでいたら気になって今晩が眠れなくなるわ。明日も朝から出仕があるのよ。この歳《とし》になって徹夜で日勤なんてできるわけがないでしょ。十代のときとはわけがちがうのよ」

妙に切実な主張のあと、伊子は自らに言い聞かせるように言った。

「それに私は尚侍よ。後宮で起きたことを把握《はあく》しておく義務があるわ」

「理はありますね」

そう言ったのは嵩那だった。

「ならば私がおつきあいいたしましょう。必要とあれば弦打《つるうち》でもしてさしあげましょう」

弦打とは魔除《まよ》けの一種で、矢をつがえない弓の弦をはじき鳴らすことである。

伊子はこくりとうなずいた。

「心強いお言葉でございます。千草、滝口《たきぐち》から弓を借りてきてちょうだい」


千草が弓を持ってくるのを待って、伊子達は登花殿にむかった。結局千草もついてくることになったので、そんな空気を作ってしまったかと少々申し訳がなかった。しかも自分の役目だと譲《ゆず》らず紙燭を持って先導役を務めてくれている。千草の立場としては、伊子に明かりを持たせるわけにはいかない。からくりに目途《めど》がついた高揚《こうよう》から強引に動いてしまったが、さすがに反省した。

「千草、ごめんんね。無理やり付きあわせて」

「いいえ」

言葉では気丈に否定しながらも、やはり恐怖は押し隠せないのか声が上擦っている。それでも千草ははっきりとした声で言った。

「姫様が御所に入られてからいきいきとなられたのが、私は嬉しゅうございます」

「え？」

「もちろんお邸《やしき》においでのときのほうが、穏やかなお顔でございました。お邸ではいまのように眉間《みけん》にしわを刻むことなどほとんどございませんでしたから。そりゃあ人間関係も気楽で、のんびりとお過ごしでしたからとうぜんです。ですが御所に上がってからの緊張したお顔のほうが、張りがあって私は好きです」

「……………」

「いくら女人《にょにん》だからといって、何十年も家の中で同じ相手とだけ話しているんじゃどうにかなってしまいますものね」

伊子はしばしぽかんとして、先を行く乳姉妹《ちきょうだい》の背中を見つめていた。やがてじわじわと水が浸みるように、千草の思いが伝わってきた。やはり心配させていたのだと、あらためて認識した。物心ついたときから東宮妃、ひいては帝の妃となるべく育てられた主人が、十七歳にしてその目標を絶たれたあとの人生を何者になることもなく過ごしていたことを、乳姉妹として千草は気にしていたのだ。なにしろあのまま家にいれば、あとは出家《しゅつけ》ぐらいしか途《みち》も目標もなくなっていた。少し考えればとうぜんのことだし、伊子自身も漠然《ばくぜん》とその懸念《けねん》は持っていた。

「私も大君《おおいきみ》には、宮仕えが性《しょう》にあっているように思います」

横を歩いていた嵩那がぽつりと言った。伊子が視線を動かすと、ちょうどこちらをむいた嵩那と目があった。

「水を得た魚と言うのでしょうか……いずれにしろいまのほうが、昔よりいきいきとしていますよ」

「…………」

「あなたがこんな有能な官吏《かんり》だと、十年前は気付きませんでしたけどね」

冷やかすように嵩那は言った。十年前とは、嵩那と恋仲だったときの頃だ。伊子は急に照れくさくなった。たとえどれほど言葉を駆使しても、あの時のほうが絶対に瑞々《みずみず》しいはずなのに、いったいなにを言っているのだ、この人は。

「つ、着きましたよ」

慌てふためいて伊子は言った。千草が手にした紙燭の明かりが、登花殿の妻戸《つまど》をぼうっと照らし出している。風はそこそこに吹いていたが、なんとか灯を持たせたることはできた。しかしここから先は、嫌がっていた千草に先に行かせるわけにはいかない。

「明かりを寄越しなさい」

「大君、私が先に入ります」

　あわてて止めようとする嵩那に、伊子は首を横に振った。

「いえ、宮様は弓を持っていてください」

　暗闇に対する恐怖を抑えてくれるものは、弦打への信頼と伊子自身の責任感だ。紙燭を受け取ると、伊子は反対の手で妻戸を押し開いた。むわっとした臭気が夜気にまじって鼻をつく。長い間掃除ができていなかったのだからしかたがない。

「けっこう、こもった臭《にお》いですね」

　しかめ面《つら》で千草が言ったとき、奥からどんっという物音が聞こえてきた。

「ひっ！」

　千草が短く悲鳴をあげるそばで、伊子は身体《からだ》を固くした。

「風が格子を打ちつけたのでしょう。先ほどより少し強くなっているようですね」

　そう言うと嵩那は、伊子達を落ちつかせるためなのか弦をはじきはじめた。魔を打ち払うとされる規則的な弦打の音はまるで人の鼓動のようで、それまでおびえていた心が少し静かになった。

「行きましょう」

　嵩那の誘いに伊子はうなずいた。千草は気乗りしない顔をしているが、ここに一人で取り残されるよりはましだと思ったのか素直に従った。

無人の殿舎内は、廂《ひさし》と母屋《もや》が巨大な堂のように広がっている。御簾や几帳《きちょう》等の仕切りをする障屏具《しょうへいぐ》はすべて取りはらわれ、広い空間を区切る存在は丸柱だけだ。紙燭の炎が照らせる範囲はもちろん一部だけで、明かりが届かない先は洞窟《どうくつ》のような深い闇となっている。その暗闇から、先ほどと同じ物音がまた聞こえた。

「な、なんですか？　もう」

もはや千草は半泣き状態である。

「落ちつきなさい、風だって言ったでしょう。登花殿女御の話はでまかせなのよ」

「で、でも、どうして王女御様はそのようなことを」

「分からないわ。でもなにか目的があるはずよ。でなきゃただの悪戯《いたずら》にしては手がこみすぎているもの」

ひと一人に大怪我をさせてまで貫かなければならない虚言の理由が、伊子には思い浮かばない。物の怪に対する証言から、楪が共犯者であることはまちがいない。あんな怪我をしてまで、いったい楪は、そして茈子はなにを隠しているのだろう。

「さすがに床《まぎ》が埃《ほこり》っぽいですね」

恐怖心を紛らわせるためなのか、嵩那が話題をそらした。御所で足袋《しとうず》の着用は、勅許《ちょっきょ》を受けた者しか許されていない。それ以外の者は基本素足である。しかし女は丈の長い打《うち》袴《ばかま》の裾《すそ》を踏みながら歩くので、伊子は床のざらつきに気付かなかった。絹の袴と素足のどちらが汚してましかと問われれば、まちがいなく後者なのだが。

「そのように汚れておりますか？」

伊子は紙燭を持つ手を下げて、床に明かりを当てた。次の瞬間、思わず息を呑《の》む。少し先の床に、灰色のあの汚れがべっちゃりとこびりついていた。

「これは……」

嵩那がぼうぜんとつぶやき、千草は声を震わせた。

「な、なんで姫様がここに来ることを知っているのよ！」

これまでたびたび同じような汚れに遭遇《そうぐう》してきたが、それは周りから予見できる行路ばかりだった。だが今回はちがう。伊子がこの登花殿に来ることを決めたのは、つい先ほどのことだ。

（これって、ひょっとして……）

そのとき嵩那が弓を手放し、太刀《たち》の柄をつかんで叫んだ。

「誰かいるのか！」

「お待ちください」

やけに冷静な声を上げた伊子を、嵩那と千草が怪訝《けげん》そうに見つめる。かまわず伊子は床の汚れをあらためて凝視する。暗さゆえにはっきりとは断言できないが、これまでのものとはちがって少し乾いているように見える。

（やはり、そうだ）

伊子は紙燭をかかげ、屋根裏に光を当てた。少し下には太い梁《はり》が幾本も均等に渡されている。嵩那と千草の不審の目などかまわず、屋根裏から梁、さらにその下の柱から長押《なげし》へと視線を動かしてゆく。

それを探し当てるのに、さほど苦労はなかった。床の汚れからそれほど離れていない場所で、伊子は梁と柱が交差する場所に濃い影を見つけた。

「あった」

ため息をつくように伊子は言った。

「なにが〝あった〟のですか？」

「姫様、いったいなにをお探しで――」

嵩那と千草が不思議そうに尋ねる。

「わかりました」

「え？」

伊子は彼らにむかってにっこりと微笑《ほほえ》み、紙燭の明かりをそれに当てた。

「あれは……」

嵩那があ然としてつぶやく。

梁の上に浮かびあがった濃い色の影――それは燕《つばめ》の巣だった。

「ごめんなさい、ごめんなさい」

ぐずぐずと鼻をすすりながら、茈子は泣きじゃくった。

登花殿で燕の巣を発見した翌朝、伊子は嵩那とともに弘徽殿《こきでん》を訪れた。渋る女房達を説《と》き伏せて席を外させたあと伊子が燕の巣について問いつめると、存外なことにすぐに茈子は白状した。

はじめに巣を発見したのは、掃除のために登花殿に入った椽だった。孵化《ふか》してまもなくだったのか、ヒナの鳴き声で気が付いたらしい。餌《えさ》をねだるヒナと甲斐甲斐《かいがい》しく世話を焼く親燕の愛らしくも健気《けなげ》な姿に、茈子はすっかり魅《み》せられた。

しかし庭木ならともかく殿舎の中に作られた巣など、瑞兆《ずいちょう》（めでたい兆し《きざ》）の鳥でもないかぎりまちがいなく取り除かれてしまう。もちろん御所内での殺生《せっしょう》は忌避《きひ》すべきことだから、処分はどこか別の場所でするだろうが。

巣立ちの日まで、なんとかして燕の親子を守りたい。そこで茈子は一計を案じたというわけだ。

「それが、登花殿女御の話ですか？」

呆《あき》れ半分、感心半分に伊子は尋ねた。動機の年相応の幼稚さと、大人顔負けの説得力のある話をねつ造する技量（？）が同一人物の物だとはにわかに信じがたい。

「はい」

しゃくりあげる茈子に、伊子は心の底から脱力した。疑心暗鬼を生ずとは、よく言ったものだ。あれだけ警戒した糞害《ふんがい》も、要はそういうことだったのだ。登花殿に巣が在るのなら渡殿を通過もするだろう。しかも燕は低空飛行もする鳥だから、屋根の下をくぐりぬけても不思議ではない。

こうなってくると茈子によりも、自分の不甲斐なさに腹が立つ。そんなものがあるはずがないという茈子の言葉を信じこんで、まったく疑問を持たなかった。

（阿呆《あほう》じゃない、私）

軽く自己嫌悪を覚えつつも、気を取り直して伊子は訊いた。

「では昨日の楪の怪我は、いったいなにが起きたのですか？」

「ヒナが落ちてしまったのです」

ようやく泣き止んだ茈子は、それでも軽く鼻をすすりつつ答えた。しかし伊子はすぐにはその意味が分からなかった。楪の怪我とそれがいったいなんの関係があるのか。そもそも今朝見たかぎり、あの巣は空《から》のようだった。紙燭の明かりのみでは心許《こころもと》無いと思い、巣の存在そのものの確認のために、ここに来る前にもう一度登花殿に足を運んだのだ。

訝《いぶか》しげな顔をする伊子に、茈子は説明をつづける。

「ヒナは全部で四羽いました。三羽までは無事に飛び立ったのですが、最後の一羽が床に落ちてしまっていたのです。私達がそれを見つけて……楪が巣に戻そうとして落ちてしまったのです」

「あの高さからですか？」

思わず伊子は悲鳴をあげた。梁《はり》の高さを思い出してぞっとする。

「い、いえ。落ちたのはヒナを戻して降りるときでしたから、柱の途中でした。足を引きずりながらなんとか渡殿《わたどの》まで出たのですが、途中で倒れてしまって……」

茈子の言い分に、伊子は首を傾《かし》げた。

「でも、あの巣にもうヒナは――」

「それで、倒れた楪に女御が悲鳴をあげたというわけですか？」

伊子の言葉をさえぎり、嵩那が確認するように尋ねた。発言を途中で遮《さえぎ》られた伊子は、不服というより訝しい思いで嵩那を見た。彼がこんな不躾《ぶしつけ》な真似《まね》をするなど珍しい。だからこそ、もしかして敢えてだったのかと感じた。

嵩那の問いに茈子はこくりとうなずいた。逆に言えば楪が落ちたときは悲鳴を堪《こら》えていたことになる。加えて伊子達が駆け付けたとき、怪我をして喘《あえ》ぎながらもとっさに『物の怪』と嘘をついた楪も、どちらも女童《めのわらわ》とは思えぬ図太さである。

「そこまでして、ヒナを守りたかったのですか？」

半ば呆れつつ伊子は尋ねた。

「だって！」

茈子は一際《ひときわ》高い声をあげた。その剣幕に伊子はどきりとした。伊子の少し冷めた物言いが、まるで逆鱗《げきりん》に触れたかのような反応だったからだ。

「親鳥はいつも一生懸命だったんです。全部のヒナが食べられるように、数えられないぐらい何度も何度も巣を行き来して、そのたびに餌を運んでいたんです」

半ば癇癪《かんしゃく》を起こしながら必死に訴える茈子に、伊子は自分の失言を悟った。

（しまった……）

子供に対して自分の言い方が悪かったことは分かっているが、どう弁明してよいのかとっさに思いつかない。

「女御様」

それまで黙っていた嵩那が、おもむろに呼びかけた。興奮から覚めたのか、茈子ははっとしたように嵩那を見上げる。嵩那も茈子の目をじっと見つめ返す。

「命ある者、小さな者をいたわる御心はまことに尊《とうと》きもので、あなた様のそのお考えは御仏の教えに添うものでありましょう」

そこで嵩那は一度言葉を切った。

「されど、なぜ誰か大人に相談しなかったのですか？」

「そんなことを言ったら、巣を壊されてしまうからです」

茈子ははっきりと答えた。こんな時なのに、彼女の強情さに伊子は感心すらしていた。どうやら茈子は人々を謀《たばか》ったことに罪悪感は抱いていても、巣を守ろうとしたこと自体は弁明するつもりもないようである。確かに嵩那が言うように、御仏の教えに添うものであることはちがいない。その点で自分は正しいと、ある意味開き直っている。

「ならば帝にだけでも、ご相談申しあげればよかったのです」

嵩那の言葉に、茈子は目を円《まる》くした。

「主上に申しあげれば、むやみな殺生を避けるためにきちんと取り計らってくださったにちがいありません。ましてそのように親鳥が健気であったのなら、女御様と同じくご両親を早くに亡くされた帝はきっと同じように考えてくださったでしょう。主上にそのようなご性分を女御様はよくご存じだったのではありませぬか？　なにしろ貴女様《あなたさま》は一番長くお仕えしている御方なのですから」

嵩那の言葉に、伊子は茈子の行動の根底にあったものを理解した。

茈子の気持ちは、ヒナよりも親鳥のほうにあったのだ。

ヒナに餌を運ぶ。それは親鳥として普通のことだ。だがその普通にここまで肩入れする心理を、茈子の生い立ちに重ねてしまう。四歳にして両親を亡くした幼子が、どのような思いで親から餌をもらうヒナ達を見ていたのか、考えただけで切ない。

いっぽうで茈子は意地を張っているのか、あるいは嵩那の言葉に納得できないのか返事をせずに唇をぎゅっと結んだままだ。その強情な反応に、嵩那は肩を落とすように息をつくと、少し声音《こわね》を厳しくした。

「女御様がほんの少し勇気を持ってお話しくだされば、ヒナを戻すことは大人に頼むことができたのです。そうすれば楪は怪我などしませんでしたよ」

その指摘に、茈子は傍目《はため》にも分かるほど狼狽《ろうばい》した。やがてすっかり乾いていた彼女の大きな瞳に、ふたたび涙の膜《まく》が浮かびだす。

「だ、だって……」

それきり茈子は言葉を詰まらせる。八歳とは思えぬ口達者な姫ではあるが、さすがに限界だった。とうとうしゃくりあげはじめた茈子に、伊子は胸を痛めた。

「宮様、もうそのあたりで――」

「分かりますよ。私も貴方達と同じで、産まれてすぐに母を亡くしましたから」

嵩那の発言に伊子はどきりとした。とっくに知っていたはずの嵩那の生い立ちを、すっかり失念していた。彼もまたかつては、両親の顔を覚えていない子供だったのだ。

「だからこそ分かるのですよ。人はたった一人の存在で、けして他の者が代わりにはなれないのだと。たとえ親身になって育ててくれる乳母《めのと》がいて、それはそれで大変頼もしい存在でも、生命をかけて自分をこの世に誕生させてくれた人はたった一人しかいない。その存在を失ってしまった者は、運命だと諦めるしかないのです」

心持ち冷ややかにさえ聞こえる、凛《りん》とした口調で嵩那は語った。それはまちがいなく彼が経験してきたことなのだろう。だが諦めるしかないという厳しい現実に、伊子は茈子がいっそうひどく泣くのではないかと危ぶんだ。

しかし幸か不幸か、嵩那の言葉は八歳の茈子には難しすぎたようだった。茈子は思ったよりも傷ついた顔をせず、ただきょとんとして嵩那を見つめているだけだった。そもそも茈子自身に、自分の燕に対する執着が親を早く亡くしたことに起因しているという自覚があるのかすら怪しい。失うとか諦めろとか言われても、自分がなにを失ったのか、そしてなにを諦めなければならないのかも理解できていないかもしれない。

おそらくそれは、八歳という幼子にとっては幸いなことだったのだろう。

そんなことも嵩那は最初から承知していたのだろうか。彼はこれまでの厳しさを張りつけていた表情をすっと和《やわ》らげ、諭《さと》すように優しく言った。

「ない者を求めてもしかたがないのです。だからヒナを助けたいと思ったいまの気持ちを忘れず、あなたが親鳥のような大人になりなさい」

「源氏は、母恋の物語ですね」

弘徽殿を出てから、嵩那がぽつりとこぼした。唐突《とうとつ》過ぎる話題に、伊子は口許《くちもと》に広げた蝙蝠《かわほり》の上から不思議そうに彼を見つめた。

「もう、お読みになられたのですか？」

「まだ途中までですが。光君は亡き母・桐壺更衣《きりつぼのこうい》に瓜二《うりふた》つだと言われた藤壺中宮《ふじつぼのちゅうぐう》に恋情を抱き、そして彼女の面影《おもかげ》を受け継いだ少女・紫《むらさき》の上《うえ》を形代《かたしろ》として妻にした。桐から藤、そして紫と、母親に似て非なる色の花を追いつづけ、そうして多くの女人《にょにん》を惑わせた」

「…………」

「手に入らない者を求めようとあがくことは、周りを不幸にしかねない。その人の身分が高いのならなおさらのことです」

けして非難ではなく、しみじみと憐《あわ》れむように嵩那は語った。成り行きからすれば訛子に対する言葉のようだが、伊子はむしろ帝に対する言葉に感じられてならなかった。

——貴方《あなた》達と同じで、産まれてすぐに母を亡くしましたから。

貴方達という、あの言葉がどうしても引っ掛かる。ひょっとして帝の伊子に対する恋情は「母恋」に過ぎないと嵩那は言いたいのだろうか？

確かに帝の伊子に対する固執は、そのような生い立ちが起因しているとでも考えなければ説明できない部分もある。いかに初恋とはいえ、十六歳も上の女を長年想いつづけるなど自然ではない。そもそも幼い心が生んだ感情など、それが恋ではなくともたいていは一過性で育《はぐく》まれることなく海の泡《あわ》のように自然と消えてしまうものだ。

だというのに帝は、いまだにその想いに囚われている。それが母恋に起因するもので、帝は光源氏と同じように複数の女人を惑わしていると嵩那は言いたいのだろうか。

（確かに、そうかもしれない）

真偽はともかく、惑わされていることは否定できなかった。伊子だけではない。桐子もそうだ。いまは幼くて蚊帳《かや》の外でも、数年すれば茈子も巻きこまれるだろう。もちろんその感情がどこに起因していようと、人の一途《いちず》な想いを否定するつもりはない。しかし立場ゆえにその一途さが、この先数多《あまた》の女人を不幸にしてゆくとしたら――。

そこまで考えて、伊子は力が抜けたように苦笑した。

（だとしても、あの二人なら大丈夫だわ）

この二日間で痛感した茈子と桐子という二人の女御のたくましさに、伊子はこのうえない頼もしさを感じていた。確かに藤壺中宮も紫の上も、源氏の情熱に苦しめられた。しかしいかに逃れられない状況であったとしても、結局は自分達の意思で源氏を愛した紫の姫達は、苦しみはしたが不幸ではなかったのだと思う。

内側から力が漲《みなぎ》ってくるような気がして、伊子はほくそ笑んだ。

（姥《うば》としちゃあ、若い娘に負けてはいられないわね）

同じように惑わされながらも、朝顔《あさがお》の姫や空蟬《うつせみ》の君のように自分達の意思で源氏を拒《こば》んだ女君達もいる。いかなる立場であれ、心だけはけして他人のものにはならない。ここにきて伊子は、なぜ斎院が『源氏物語』を寄越したのかを理解できた気がした。

「なにを、にやついておられるのですか？」

とつぜんの嵩那の問いに、伊子は物思いから立ち返った。そのような心境であったことは否定しないが、蝙蝠で口許《くちもと》は隠しているから表情など分かるはずがない。

「に、にやついているって？」

「その目を見れば分かりますよ。またなにか企《たくら》みを思いつきましたね」

「!?」

得意顔で言われて、伊子は絶句する。

（た、企みって……それに目を見たら、分かるってなに？）

いや、そんなはずはないだろう。蝙蝠の上からちらりとのぞいた目を見ただけで分かるはずがない。熟練の人相見でもあるまいし。だが実際のところ、嵩那の指摘は図星だったわけだ。企みというほどの悪事ではないのだが。あたふたしながら何事か反論しようとしたが、嵩那はどうということもないようにさらりと話題を戻した。

「ところで今回の騒動にかんしてですが」

「あ、は、はい……」

「私は内密に巣を取り払わせようと考えております。ヒナが死んでいるだろうことは、彼女達には黙っていてよいと思います」

嵩那の言葉に伊子は眉《まゆ》を曇らせた。棟が戻したヒナは、おそらく巣の中で死んでいるだろう。落下による負傷か、あるいは落ちた段階ですでに死んでいたのかもしれない。

今朝の確認は下から見上げただけではあるが、物音一つしなかった。巣立ち間近なヒナがいるのなら、さえずりぐらい聞こえてくるはずだ。そもそも巣立てるほどに元気であったのなら、床に落ちたときに自力で飛んでいる。床に散っていた乾きかけの糞《ふん》は、親鳥か最後に飛び立った兄弟ヒナのものだろう。

茈子の話を聞いたとき伊子はそのことに気付いたが、嵩那の無言の制止によりそれを口にすることはできなかった。今にして思えば止めてもらってよかった。あのときはただ真実を追求したい気持ちから安易に口にしかけたが、このことを知ったのなら茈子はもちろん怪我までした棟が不憫《ふびん》すぎる。

「私も、そのほうが良いと思います」

伊子が同意すると、嵩那は多少懸念《けねん》していたのか、その表情に安堵《あんど》の色を浮かべた。

しかし最大の問題がまだ残っている。もちろんこの物の怪騒動の始末をどうつけるかである。茈子の行いが人騒がせであることは否定しないが、動機を考えれば穏便にすませてあげたい。

「今回の真相をお知りになられたら、主上はどのように仰《おお》せになられるでしょうか」

「いや、お話しする必要はないでしょう」

躊躇《ためら》いもなく言い切った嵩那に、伊子は目を円《まる》くした。

「ヒナのことも物の怪の真相も、本当のことを言っても混乱を招いて誰かを傷つけるだけです。逆に真実を隠していても誰も損はしないし傷つきもしない。登花殿女御は実在の人物ではないのだから、誰の名誉にもかかわらない。ならば必ずしも真実を明るみに出さずともよいでしょう」

「…………」

嵩那の言い分には正直に言えば全面的に賛同はできなかったし、釈然としない思いは残っている。嘘をつくことは良くないことで、正直に生きることが正しいことだと固定観念のように思ってきたからだ。

だが——確かに嘘をつくことは正しくはない。正しくはないが、嵩那の言い分は優しくはあると伊子は感じた。

伊子は迷いを振り払うように、頭をひとつ振った。

「ならば贈号の件は、どう弁明いたしましょうか？」

「該当する女御はいなかったと、正直に報告していただいて大丈夫でしょう。そうなるとなんらかの噂話に尾ひれがついたものとでも判断するでしょう。楪の怪我という実害が起きておりますから、徳の高い僧侶《そうりょ》に依頼して物の怪の正体を探らせようとするかもしれませんが」

「いもしない物の怪を？」

呆《あき》れたような声を出す伊子に、嵩那は苦笑した。

「もしそうなったら、僧侶にはご苦労なことですが……。まあ害は為してなくとも、御所には物の怪の一人や二人ぐらいはいそうな気もしますけどね」

「妙に説得力はございますが、僧侶が物の怪の存在を確認できなかったら、今度は楪の怪我の原因を追及していっそう混乱するかもしれませぬ。いかんせん本人が〝物の怪に突き飛ばされた〟などと証言してしまっておりますから」

伊子の指摘に嵩那は渋い顔になった。内密にする方向に賛同はしたが、かといって人々の不安を長引かせることは本意ではない。どうしたものかと考えあぐねていた伊子は、にわかにぱっと顔を輝かせた。

「ならば、実は楪に物の怪がとりついていたとしたほうが、うまく事が運ぶのではないでしょうか」

「え？」

「もちろん一介《いっかい》の女孺《じょじゅ》の祈禱《きとう》を主上と縁があるような高僧にお願いするわけにも参りませぬから、私が伝手《つて》のある僧侶を手配いたします」

驚いたように自分を見下ろす嵩那に、伊子は蝙蝠の裏で微笑んだ。少々金子《きんす》をはずめば、うまくやってくれる口の堅い僧侶は見つかるだろう。

「楪も一時的とはいえ物の怪がついていたとされてしまうことは気の毒ですが、罪滅ぼしということで納得してもらいましょう」

得々と語りつづける伊子に、嵩那はしまいにはあんぐりとなる。もしかしたらまた目だけは笑っていたのかもしれない。それぐらい伊子はわくわくしていた。

まったく御所という所は、問題が次から次へと起きる場所だ。家にいたときは毎日同じことの繰り返しだったから、それに比べると本当に心安らぐ暇がない。しかし知恵をしぼってそれらの問題をひとつひとつ片づけてゆくことは、思っていた以上にやり甲斐がある。

嵩那はしばし物も言えないでいるようだったが、やがてくすっと声をたてて笑った。

「あなたが聡明なことは昔から承知しておりましたが、これほど企みに長《た》けているとは想像もしておりませんでした」

該当《がいとう》する女御が記録には残っていなかったことを伝え、楪に対して祈禱を行うことを提案すると帝は承諾《しょうだく》した。

しかしそれとは別に、御所でも祈禱《かじ》を行うことになったのは計算外だった。色々と不穏な出来事が起きたので、改めて加持祈禱を行いたいという希望が帝にあったのだ。

そのような理由で選任されたのは、帝の夜居《よい》を務める僧侶だった。

その夜、御所には護摩木《ごまき》を焚《た》く煙と香りが立ちこめ、読経《どきょう》の音が響き渡っていた。帝は夜御殿《よるのごでん》には下がらず、御座所《おましどころ》にて報告を待ちつづけていた。主たる朝臣《ちょうしん》、女房達も引き下がらず共に数珠《じゅず》を手に念をささげている。もちろん伊子も御座所間近の伺候所《しこうじょ》に控えていたが、さすがに良心の呵責《かしゃく》に苛《さいな》まれて落ちつかなかった。件《くだん》の物の怪は楪にとりついていたということで終わらせたが、穏便に済ませるためとはいえ、一心不乱に祈禱をしてくれている僧侶に申し訳がない。

（宮様は、大丈夫かしら？）

嵩那は祈禱所の近くで、儀式を取り仕切っているはずだ。僧侶の姿が見えるだけに、伊子よりも心理的な負担が大きいだろう。

そのとき祈禱所の方向から悲鳴があがった。清涼殿全体に緊張が走る。伊子は思わず腰を浮かした。

「何事か!?」

公卿《くぎょう》の誰かが声を上げたとき、足音をたてて簀子《すのこ》を誰かが走ってきた。夜更けで御簾《みす》が下りているため、それが誰なのかまったく分からなかったのだが――。

「式部卿宮様」

簀子に控えていた公卿が呼びかけた。

濃き紫の束帯を着けたその人物は、嵩那だった。息を切らしながら御座所の前に腰を下ろすと、嵩那は一礼した。

「宮、いかがいたした？」

ただならぬ気配に、さすがに帝は声を震わせた。

伊子はひどく混乱したまま、御簾のむこうに浮かぶ嵩那の影を見つめた。先ほどの悲鳴は、いったいなんだったのか。物の怪は茈子の作り話で、もともと存在しないものだったからなにか起きるはずもないのに。

「物の怪が、憑坐《よりまし》にとりつきました」

嵩那の言葉に伊子は耳を疑った。まさか嘘から出た真だというのか？　それともひょっとして寝た子を起こしてしまったのだろうか？　その言葉が思い浮かんだ途端、冷水を浴びせられたように背筋がぞくりと冷えた。

「何者であったのか？」

帝の問いに、嵩那の身体がびくりと震えたように見えた。

伊子は息をつめ、嵩那の言葉を待った。

「亡くなられた先の東宮様。主上の御父上でございます」

第四話

人それぞれ思うことはちがう

賀茂祭《かものまつり》が終わった卯月《うづき》末のある日。三十二歳の新人尚侍《ないしのかみ》・藤原伊子《ふじわらのかのこ》は親友の賀茂斎院《かものさいいん》・脩子《ながこ》内親王が住む紫野《むらさきの》の斎院御所にむかっていた。ちょっと用事があるから来いと、宮仕えをしているこちらの都合も訊かずに日にちまで指定してくるあたりが彼女らしい暴挙である。

「斎院様は、姫様がまだご自宅にお暮らしだと勘違いなされておられるのですかね」

ぎしぎしと音をたてる牛車《ぎっしゃ》の中で、乳姉妹《ちきょうだい》の千草《ちぐさ》がぼやいた。だったら御所に呼び出しが来るはずもないのだが、千草も分かったうえで言っているのだろう。

「でも、いい気分転換にはなるわ。先日の祈禱《きとう》以降、御所中がぴりぴりしているから」

苦笑交じりに伊子は答えたが、その心は晴れなかった。

十六歳の今上《きんじょう》の妃《きさき》、王女御《おうのにょうご》こと御年八歳の茈子女王《さいこにょおう》が起こした騒動がきっかけで、先日御所では大掛かりな祈禱が行われた。そこで憑坐《よりまし》に取りついた物《もの》の怪《け》が、あろうことが今上の父で十年以上前に亡くなった先の東宮《とうぐう》を名乗ったのである。先帝の皇子として産まれた先の東宮は、二十代半ばという若さで即位をすることなく亡くなった。わが子に先立たれた先帝は、その長子である今上を東宮に据えた。

千草はおびえたような表情で、他に誰もいないのに声をひそめた。

「いったい先の東宮様はなにを仰せになられたかったのでしょう？　憑坐は〝申し訳なかった〟としか言わなかったのでしょう？」

「そうらしいわね」

しかめ面《つら》で伊子は答えた。自分達が茈子の失態をかばおうとしたために、必要もない祈禱を行うことになった。その結果、寝た子を起こしてしまったのかと気が咎《とが》める。

「でもあの騒動は王女御様の作り事で、本当のところ御所では謝られるような災《わざわ》いはなにも起きていないのですよね」

「そのはずよ。でも主上は、お父上はなにか心残りがお有りだったのではとひどく気に病まれて……」

あれ以来、帝《みかど》の憔悴《しょうすい》ぶりは明らかだった。こうなるときっかけを作ってしまった者として心が痛む。茈子をかばったことに後悔はないが、もっとうまいやり方はなかったのかと悔やまれてならない。

とつぜん千草が思いついたように声をあげた。

「あのひょっとして姫様が、自分のせいでいき遅れてしまったことを仰せになりたかったのでは？」

「は？」

耳を疑う伊子に、千草は大きく両の手を打ち鳴らした。

「きっとそうですよ！　自分のせいであたら花の盛りをだらだらと家で過ごさせいき遅れとしてしまい、はては尋常《じんじょう》ならざる年増《としま》好みの自分の息子が言い寄る隙《すき》を作ってしまったことを、申し訳なく感じていらっしゃるのですわ」

「生きているときならともかく、一面識もない相手にそんなことをわざわざ物の怪になってまで言いに来るわけないでしょ！」

好き放題に語る乳姉妹に、伊子は猛然と反論した。しれっと言いはしたが、〝尋常ならざる年増好み〟という言葉もなかなかの暴言である。

伊子は左大臣《さだいじん》の長女として、物心ついたころから后《きさき》がね（帝の妃候補の女性）として育てられてきた。その入内《じゅだい》先が時の東宮で、今回の物の怪の正体とされている人物だったのである。年齢は確か四、五歳程上だったから、夫婦としては理想的な年回りだった。三十二歳となったいま、十六歳の彼の息子から求婚されている身としてはなおさら痛感する。

とはいえ伊子は、実は先の東宮とは一度も会ったことがなかった。話が具体的に動く前に、父・顕充《あきみつ》が時の帝（先帝）の勘気《かんき》を蒙《こうむ》って失脚してしまったからだ。とうぜん入内話は立ち消え、結果として伊子はこの年まで夫を持たずにきた。しかしその原因は亡くなった先帝と顕充であって、先の東宮にはない。わざわざ物の怪になってまで詫《わ》びを伝えるような関係だとは思えなかった。

「せめて一度でも言葉を交わしたとでもいうのなら、大泊瀬幼武天皇《おおはつせわかたけのすめらみこと》と三輪《みわ》の赤猪子《あかいこ》のような話もあるかもしれないけど」

「だとしたら最低じゃないですか」

伊子の喩《たと》えに、すかさず千草が突っ込んだ。

「それって帝が自分の命令を忘れたばかりに、三輪の乙女《おとめ》が誰とも結婚できずに姥《うば》になってしまったという話ですよね」

「いや、だからそんなことはないって言っているじゃない」

一人で憤慨《ふんがい》する千草を、伊子はあきれ半分になだめた。

大泊瀬幼武天皇とは雄略《ゆうりやく》天皇のことである。旅先で出会った三輪の美少女・赤猪子に、必ず妃として召すからどこにも嫁ぐなと命令しておきながら八十年間忘れていたという、なかなかにひどい逸話の持ち主だった。しかも素直に言いつけを守って独り身でいたあげくすっかり年老いてしまった赤猪子に、妻に迎える気はもはやないが、もう少し若い頃に自分のものにしておけばよかったという主旨《しゆし》の歌を送ったのだから、帝でなければぶん殴《なぐ》ってやりたい無神経ぶりである。もっとも年月的なことはあくまでも記録なので、人の寿《じゆ》命《みよう》を考えればまちがいなく誇張はしているのだろうが。

しかし仮に先の東宮が存命で彼の即位後に顕充が復権できたとしても、三十二歳の伊子の入内は断られただろう。さすがに大泊瀬幼武天皇ほどひどいことは言わないだろうが、たいていの男は自分の高齢は棚《たな》に上げて若い女を所望《しよもう》するものだ。良いか悪いかは別にそれが一般的で、とにかく今上の伊子への執心が不自然すぎるのだ。

ゆるゆると牛車を走らせているうちに斎院御所に到着した。車宿《くるまやどり》から女房の案内で寝殿にと足を運ぶ。若葉を思わせる萌黄色《もえぎいろ》の小袿《こうちぎ》に薄紅《うすべに》の表着《うわぎ》をかさねた伊子の衣装は、気の置けない友人を訪ねるために選んだ初夏の装《よそお》いである。

殿舎の中は女の園《その》にふさわしい、甘やかな香が立ちこめていた。女ばかりの気楽さに加えて親友の訪問ということもあって、御簾《みす》はきれいに巻きあげられている。そのためこの季節らしい爽《さわ》やかなかさねに装いを凝《こ》らした女房達の姿をあちこちに見ることができる。

華やかな花だけではなく、卯《う》の花《はな》に紫陽花《あじさい》。合歓《ねむ》、莕菜《あさざ》等々の清楚《せいそ》で可憐《かれん》な野の花がいっせいに咲いたような光景だ。その中であたかも百花《ひゃっか》の王・牡丹《ぼたん》のように圧倒的な貫禄《かんろく》と美貌《びぼう》をはなっている女人が伊子の親友、賀茂斎院・脩子内親王だった。

御座所《おましどころ》にいた斎院は、伊子の顔を見るなり脇息《きょうそく》から身を起こした。豊満な肉体を淡蘇芳《たんすおう》を裾濃《すそご》（上が薄く下が濃くなる）に染めた小袿に濃蘇芳《こきすおう》の表着という衣装に包んだ姿は、本当に牡丹の花を意識しているのではと思ってしまう。

「大君《おおいきみ》、とつぜん呼び立てて済まぬな」

「いえ、こちらこそ。先日はお忙しいところを失礼いたしました」

よく考えなくてもとうぜんのことなのに、斎院の口から一応詫びの言葉が出たことに伊子は驚いた。大君とは貴人の長女に対する呼び方である。

「大君様、どうぞお上がりください」

斎院の女房が促すので、伊子は千草を廂《ひさし》に控えさせて母屋《もや》に上がった。すると中にいた女房が御簾をおろしはじめた。

（なんだろう？　なにか込み入った話なのかしら？）

少々緊張しつつ準備されていた茵《しとね》に腰を下ろすと、さっそく斎院は切り出した。

「大君。実はそなたに来ていただいた理由は、会わせたい方がいるからなのじゃ」

「私にでございますか？」

こくりとうなずくと、斎院はちらりと母屋の奥に目をむけた。釣られるようにして伊子も視線を動かすと、几帳《きちよう》のむこうに一人の女人が座っていることに気が付いた。夏の几帳の帳《とばり》は胡粉《ごふん》で絵を描いた生絹《すずし》なので、おぼろげながら姿が透けて見える。

「そちらにおられる御方は先の斎宮《さいぐう》様じゃ。いまは斎宮の君とお呼びしている」

斎宮とは伊勢神宮《いせじんぐう》に奉仕する未婚の皇族の女性のことである。賀茂斎院の奉仕期間が必ずしも帝の在位に左右されないのとちがい、伊勢斎宮は帝が代わればその任を解かれる決まりである。ゆえに昨年の先帝の崩御《ほうぎよ》にあわせて、彼女も帰京してきたはずだ。

「先の斎宮様というと、亡くなられた中御門禅師宮《なかみかどのぜんじのみや》の姫君であらせられますか」

先々帝と先帝の末の弟宮の呼称を伊子はあげた。禅師とは僧侶《そうりよ》に対する尊称で、邸宅が中御門にあったのでそのように呼ばれていたと記憶している。

伊子の問いに、生絹のむこうで斎宮の君はこくりとうなずいた。

「さようでございます。父宮はずっと昔に身罷《みまか》られましたが」

斎宮の君の声は七絃琴《しちげんきん》を思わせる可憐なもので、伊子は少し驚いた。それがまるで十代の少女のような初々《ういうい》しい響きだったからだ。

（斎宮の君って、確か私や斎院様と変わらない年代だったんじゃ……）

伊子は斎宮の君の年頃をはっきり覚えていた。というのも彼女が伊勢に下ったのが先帝の即位時ではなく、伊子が既に十五、六歳の頃だったからだ。確か時の斎宮が身内に不幸が起きたために解任を余儀《よぎ》なくされ、その交代要員として選ばれたはずだ。帝の在位中は伊勢に留まることになっている斎宮だが、身内、あるいは本人が亡くなった場合もとうぜん解任される。姦通《かんつう》等、斎宮自身が不祥事《ふしょうじ》を起こした場合も同様である。

伊子にとって斎宮の君の下向《げこう》は、先帝在位中の赴任《ふにん》という異例に加えて、彼女が自分と同世代だと聞かされたので余計に印象深かったのだ。ちなみにその当時の伊子は、東宮妃となることを見据えて絶賛お妃教育受講中だった。

伊子は姿勢をあらためた。

「お初におめもじいたします。左大臣・藤原顕充の長女にございます。大君、あるいは尚侍《かみ》の君《きみ》とお呼びくださいませ」

「こちらこそ、ご挨拶《あいさつ》が遅れました。どうぞ斎宮の君とお呼びください」

そう言って斎宮の君は、いざるようにして几帳の陰から出てきた。あらわになった彼女の姿に、伊子はしばし言葉を失った。

可憐な声とその容姿が、驚くほど一致している。白地にちさ（エゴノキ）の花を織りだした小袿に、淡黄の表着をかさねた清楚な装い。桜花のごときほんのりと色づいた白い顔を縁取るぬば玉の黒髪に、恥じらうような伏せ目がちな眼差《まなざ》し。清流が流れる川辺に人知れずひっそりと咲く、ササユリを思わせる佳人《かじん》だった。

（こ、これで私達と同じ、三十路《みそじ》!?）

色々と世の垢《あか》にまみれた身としては、見ているだけで気恥ずかしくなってしまう清らかさである。ちなみに私達の中には、とうぜんこの場に同席している斎院も千草も含まれている。

斎宮の君の容姿は若作りだとか若々しいとかいう類《たぐい》ではなく、浮世の汚れという存在を一切感じさせないものだったのだ。喩えるのならその姿は、天界から降りてきたばかりで右も左も分からずにいる清らかな天女だ。

ぽかんと見惚《みほ》れていた伊子に、おもむろに斎院が告げた。

「大君。斎宮の君は、先の東宮の幼馴染《おさななじみ》であらせられる」

渦中《かちゅう》の人物の名称に、伊子は現実に引き戻される。もちろん二人の従兄妹《いとこ》という関係に加え、年齢的なことを考えても幼馴染という間柄は驚くことではない。だが御所での物の怪騒動の件はとうぜん斎院も知っているはずだから、ここで先の東宮の話題を出すことはなにか意図があってのものと思われた。

「さようでございましたか」

用心深く伊子が応じると、斎院は促すように斎宮の君を一瞥《いちべつ》した。斎宮の君は顎《あご》を揺らすように頷《うなず》くと、懐《ふところ》から懐紙を取りだした。

「こちらをご覧いただけますか？」

仲介の女房によって手渡されたものは、懐紙ではなく立て文《ぶみ》だった。立て文とは、結び文とはちがって包み紙で包んだ文のことである。

「開けてもよろしいですか？」

一応確認してから、伊子は包み紙を開いた。中に入っていたものは、きちんと折りたたまれた色褪《いろあ》せた料紙だった。おそらく経年によるものだろう。破らないようにと気を遣いながら、慎重に文を開いた伊子は思わず眉《まゆ》を寄せた。というのも上手下手ではなく、文字がひどく乱れていてすぐには読める代物《しろもの》ではなかったからだ。

「それは先の東宮が斎宮の君にお送りした最後の文ということじゃ。斎宮の君がそれを受け取られたのは先の東宮が身罷られた後だというから、おそらく病床でお書きになられたものであろう」

斎院の言葉に伊子は納得した。なるほど。臨終《りんじゅう》間際だから、このように乱れた文字になってしまったのか。

「お読みになれますでしょうか？」

心配そうに斎宮の君が尋ねた。伊子は目を凝らして紙面を見つめ、少しして眉間《みけん》のしわをさらに深くした。

「内裏《だいり》にある濃き梅の下を御捜しあれ？」

自ら口にした言葉に、伊子は答えを求めるように斎院を見た。しかし彼女は難しい表情で首を横に振った。

「濃き、つまり紫の梅ということでしょうか？」

誰にともなく伊子は問うた。

もっとも高貴とされる紫色は、すべての色の代表とされる。それゆえ「濃き」や「薄き」とのみ称した場合、それぞれ濃い紫、薄い紫を表す。

だがこの場合、むしろこの言葉が厄介《やっかい》である。内裏の梅というだけなら分かる。御所に梅の木は何本かある。しかし紫の梅とはいったいどの梅を指すのだろう。そもそも内裏にかぎらず紫の梅など存在するものなのか？　紅梅の濃いものでも赤紫とは表現できないと思う。その旨《むね》を伊子が問うと、斎院はふたたび首を横に振った。

「紫の梅という言葉の意味はとんと分からぬ。されどわれも斎宮の君も、この内容を主上に奏上したほうが良いとは考えておる」

「それはもちろんでございましょうが……」

「さよう。公《おおやけ》にするには時期が悪すぎる」

語尾を濁した伊子に対し、後を受けるように斎院は言った。

伊子は目配せで同意を示した。先の東宮の物の怪のことで動揺している御所で、なんの配慮《はいりよ》もなくこの意味不明の文を公表すれば、いたずらに不安をあおるだけである。

「それで私に？」

伊子が問うと、斎院はうなずいた。

「公卿《くぎよう》達には内密に主上にご奏上し、可能であれば先の東宮、つまりお父上の願いを叶えて差し上げて欲しいと伝えてくれまいか」

斎院の言い分に伊子は納得した。確かに文では伝えにくい内容だし、かといって斎院や斎宮の君が帝のもとに出向いて話をすることは立場上難しい。そうなると必然、帝の尚侍である親友の伊子のことを思いだすだろう。

「分かりました。帝にお伝えして、ご判断をあおぎたいと存じます」

「尚侍の君、ありがとうございます」

伊子の返答に、斎宮の君の表情に安堵《あんど》の色がさす。その反応に伊子は、斎宮の君が伊勢にいる間もずっとこの文を気にしていたであろうことを悟った。

身軽な立場であればすぐに対応もできたのだろうが、なにしろ都から遠く隔《へだ》てられた伊勢で、しかも浮世から隔絶された生活を送る斎宮である。人を使って探らせることも難しかったにちがいない。そもそも文自体がこのように曖昧《あいまい》な内容では、人を使うにしても指示のしようもない。

その状態で十年以上の月日が過ぎた。今になって斎宮の君がこの文の件を明かしたのは、今回の騒動があってのことにちがいない。

御所を騒がしている先の東宮の物の怪とこの文の内容に関連があるのかは不明だが、それとは関係なく、斎宮の君が抱いていた心苦しさが解消できるのなら協力してあげたかった。

「いいえ、お力添えができればうれしゅうございます」

「大君、かたじけない」

らしくもない斎院の殊勝《しゅしょう》な物言いに、伊子はつい笑ってしまった。さすがの斎院も頼みごとをするときは低姿勢のようだ。

しかしそう思ったのも束《つか》の間《ま》、次に斎院は伊子が想像もしないことを告げた。

「そなた一人では手に余ることもあるかと思い、式部卿宮《しきぶのきょうのみや》に協力するように頼んでおいたゆえ、あの者を遠慮なく使ってやってたもれ」

伊子から一連の経緯を聞いた帝は驚きを隠さなかった。傍《かたわ》らに控えていた蔵人頭《くろうどのとう》も同じ反応である。話をはじめる前に女房達は御座所から退席させたが、帝の側近である蔵人頭にだけは残ってもらっていたのだ。

「父上がそのような文を？」

「はい。斎宮の君も帰京したばかりの頃は、文が届いてから幾年も経っているものをいまさらと公になさることを躊躇《ためら》われたそうでございますが、こたびの先の東宮様の御霊《みたま》の件を聞き及ばれて、なにか関係があるのではとお考えになられ、ご友人である斎院様にご相談申しあげられたよしにございます」

先の東宮のことを物の怪と言うわけにもいかず、伊子は御霊という言葉を使った。

話を聞き終えた帝は、ひどく急《せ》いたふうに蔵人頭に命じた。

「すぐに御所中の、すべての梅の根元を掘り起こさせよ」

単純に聞いたかぎりは乱暴な命令だが、要するに紫の梅がどの樹木を指すのかわからないのなら、すべての梅を当たってみるということなのだろう。しかしこの帝の命令に、蔵人頭は疑問を呈した。

「されどその文の件をひとまず内密にするとあれば、人々にはなんと説明すればよろしいでしょうか？」

蔵人頭の指摘はもっともなものだった。一、二本ならともかく、御所中のすべての梅の木を人目に触れずに掘るなど不可能に近い。

帝は彼には珍しい、忌々《いまいま》しげな表情で口をつぐんだ。ようやく見つけた解決の手がかりにケチがついたのだからとうぜんだ。内容的には必ずしも秘密にするものではないのかもしれないが、斎宮の君の許可を受けずに公表するわけにもいかない。

じっと考えこむ帝に、見兼ねたように蔵人頭は言った。

「そもそも件《くだん》の物の怪そのものが、なんらかの仇《あだ》をなすつもりで先の東宮様の名を騙《かた》ったということは考えられないものでしょうか？」

「え？」

帝ではなく伊子が声をあげた。確かに性質《たち》の悪い悪霊であれば、そのようなことも考えられる。しかしそうなってくると、それを見抜けなかった祈禱役の導師の能力が問われてくる。京では随一の法力の持ち主と評判の僧侶にもそんなことがあるものかとも思う。

蔵人頭はさらにつづけた。

「私は当時のことをよく覚えております。先の東宮様が身罷られたおり、先帝様は大変立派な法事を行い、亡きわが子の御霊をお弔《とむら》いになられました。それならばきっと成仏《じょうぶつ》なされて、この世に迷いでるようなことはないものと――」

「いや、おそらく父上だろう」

きっぱりと帝は言った。軽く横面を叩かれたような表情をする伊子と蔵人頭に、あらためて帝は語った。

「物の怪は本来の憑坐役の女童《めのわらわ》ではなく、導師の弟子である若い僧侶にとりついたというではないか」

　はじめて耳にした話に伊子は驚いたが、蔵人頭は周知のことだったようで、表情に変化はなかった。一般的に物の怪をとりつかせる憑坐には、女人や子供が選ばれる。

「存じておりますが、それがなにか？　物の怪と波長があえば、憑坐ではない別の人間にとりつくことは時にはあるでしょう」

「実はこの僧は、かつて父上に小姓《こしょう》として仕えていた人物だそうだ」

　これは知らなかったようで、蔵人頭も驚きを隠さなかった。

「それは……」

「父上の御霊だからこそ、憑坐ではなく敢《あ》えてその者に憑依《ひょうい》したのかもしれぬ」

　そう言われると否定のしようもないようで、蔵人頭は黙りこくっている。

　物の怪の正体が先の東宮ではないのではと言った蔵人頭の意図は、おそらく帝を励ますことにあったのだろう。必ずしも断定はできないが、物の怪として霊が現れたことは、その人の魂が成仏できずに彷徨《さまよ》っていると考えられるからだ。父親の魂が成仏できずにいると知れば、息子としては心を痛めるだろう。

「ならば梅の木にのみ効用がある肥料《ひりょう》をまくと説明したらいかがでしょう」

　伊子の提案に、帝と蔵人頭は顔を輝かせた。

「なるほど、それはよき案にございますな」

「さすが尚侍の君だ」

表情をほころばせる帝に、伊子は面映《おもは》ゆげに首を横に振る。

「大袈裟《おおげさ》すぎます。たまたま思いついただけですから」

「謙遜《けんそん》なさるな。貴女を尚侍にして本当によかった」

「お、畏《おそ》れ多いお言葉で――」

「これからも、是非《ぜひ》私のために仕えて欲しい」

伊子はぎくりとした。それまでの語り口調より少し落とした声音に、含みのような物の存在を感じたからだ。実際、帝の伊子への執心を考えれば意味がまったくないわけではないだろう。

伊子はぐっと息を詰め、素知らぬふりで応じた。

「ち、力の及ぶかぎり……」

声を上擦らせつつの返答に、帝は表情を変えなかった。蔵人頭がどう感じたのかは分からないが、懸命にも彼は常と変わらぬ口調で言った。

「では主上。さっそく作業に当たらせましょう」

「その前に申しあげたきことが……」

とつぜんの伊子の申し出に、蔵人頭はきょとんとした顔をする。

「実はこの件にかんしまして、斎院様は先に弟君の式部卿宮様にお話し申し上げておられるとのことでございました。ゆえにかの宮様はすでにご承知のこと。なにかありましたらご協力を仰《あお》ぐようにとの斎院様のお言葉にございます」

嵩那《たかふゆ》の名を出した瞬間、あきらかに帝の表情が強張《こわば》った。伊子は針で刺されたように身をすくめる。正直いらぬ刺激をしたかもという自覚はあったが、内密にして後でややこしいことになるよりは、先に言っておいたほうがよいと判断したのだ。そもそもこれにかんしては斎院がしたことだから、伊子がとやかく言われる筋合いはない。

とはいえ蔵人頭に残ってもらっていたのは本当に幸いだった。帝の伊子への執心は公然だが、そこに嵩那がからんでいることは当事者達以外では斎院と千草しか知らないことだった。あんのじょう蔵人頭は伊子達の間に流れる微妙な空気の変化には気づかないようで、変わらぬ朗らかな口調で言った。

「さようでございますか。式部卿宮様は情に厚く行動力もある方でございますから、きっと良き協力者となってくださいましょう。いや、まことに心強いことでございます」

ところが予想に反して、梅の根本からはそれらしきものはなにも見つからなかった。

結果を聞いた帝は落胆《らくたん》こそしたが、ひとまず当初の予定通り父親を供養《くよう》するための法事を盛大に行うことを決めた。

伊子が斎宮の君に報告の文を送ると、その日の夕方にはもう返信が届いた。外観そのものの優雅な手蹟《しゅせき》での丁寧《ていねい》な礼と、このうえは自分も帝にならって先の東宮の供養を行いたいという主旨の知らせが認《したた》めてあった。彼女の文にこちらを責めるような内容が一切無かったことにほっとしつつ、だからこそかえって心が痛んだ。

(結局、紫ってなにを指しているのかしら?)

なんらかの言葉遊びか、あるいは和歌のさいの枕詞《まくらことば》のようなもので深い意味すらないのかとも考えた。そうなると〝御所の梅を探せ〟という指示になる。だが紫ではない梅の下にもなにもなかったし、そもそも臨終間際の人間が、そんな意味のないことをするとも思えなかった。

(でも、判断力や力が鈍っていたということはあるかもしれない……)

あの文字の乱れ具合と、なにも見つからなかったという結果から考えるとそのほうが妥《だ》当《とう》なのだろう。とはいえやはり引っかかるところはあって、伊子はもやもやした思いが消せずにいた。

嵩那が訪ねてきたのは、それから二、三日が過ぎたころであった。

蔵人頭と共に梅の捜索に携《たずさ》わった彼は、土の中は意外と蟬《せみ》の幼虫が多かったので、数年後の夏はけっこうな騒音になるかもしれないと語った。もちろん嵩那が直接土いじりをしたわけではなく、実際に作業に当たった下の者から聞いた話である。

「さようでございますか。それはいまから頭が痛いことですね」

「そうは言っても蟬の幼虫とは何年も土にもぐっているものですから、羽化までには多少時間差があるのと思うのですがね」

「はあ……」

御簾のむこうでだらだらと語りつづける嵩那に、伊子は訝《いぶか》しい思いを抱く。こんなどうでも良い話を、通りすがりの立ち話ならともかくわざわざ承香殿《しょうきょうでん》を訪れてまでするものなのか？

（いや、そんなわけないでしょ）

なにか目的があっての来室だと確信はした。しかし〝なにが目的なのか〟などと正面から訊けるはずもなく、伊子は話をあわせながら尋ねる間をうかがうことにした。

「まことに蟬という生き物は、長年暗い土中で過ごしてようやく陽の下に出られても、わずか数日ではかなくなってしまう。もののあわれを思わずにはいられない生き物でございますこと」

しみじみと伊子が語ると、嵩那はゆらゆらと揺らしていた蝙蝠《かわほり》をぴたりと止めた。

「え、さようでございますか？」

「はい？」

「虫で数年も生きるというのは、そうとうたくましくはないですか？」

「されどその生涯《しょうがい》のほとんどを土中で過ごし、ようやっと地上に出てきても数日しか生きられないというのが、無常を表していてあわれを覚えるかと――」

なぜこんな一般的な見解をいちいち説明しなければいけないのか疑問を抱いていると、嵩那は釈然としないように答えた。

「なぜそのような。土竜《もぐら》や蚯蚓《みみず》は時には地上にも出ますが、大半は土の中で過ごしているではありませんか。ということは、きっと土の中のほうが心地よいのですよ」

「え？　は、はあ……」

「私はむしろ蟬の羽化は、長い生命を生ききった果ての臨終をむかえるための儀式のように感じます。そういう意味では大往生《だいおうじょう》という、めでたい印象ではありますが」

人とはちがう自分を得意げに語るといった感じではなく、常日頃そう思っているような口ぶりで嵩那は言った。ちなみに蟬に対する世間一般の見解といえば、地上でわずか数日陽の光を浴びるために幾年も暗い地中で耐え忍ぶ、もののあわれを代表する虫である。

だが嵩那は、土中での生活を〝良く生きた時間〟と言うのである。

（そうだった、この人はこういう人だった）

あらためて伊子は思いだした。小野小町《おののこまち》の和歌のときもそうだったが、もののあわれを解さない、世情とそぐわないこの発想はいったいどうやって培《つちか》われたのだろう。仏教の思想が潮流のこの時代、世の無常をかみしめながら来世への往生を宿願とする考え方が主流だというのに、この人はいまあることを建設的にとらえてばかりいる。

（まあ、だからあんな妙な和歌ばかり詠《よ》むのだろうけど……）

交際していた時分に送られてきた数々の駄作が記憶によみがえり、伊子はつい思い出し笑いをしてしまった。しかも嵩那は自分の感性になんら疑問を持っていないらしく、自分の和歌が世の流行から著《いちじる》しくずれている自覚がまったくなかったようだった。

それは宮廷社会で暮らす親王という立場にあって、困ったことなのかもしれない。だが伊子は、嵩那の大《いと》らかな気性がそのような考え方に根差しているのだと思うと、どうしようもなくそれを愛おしく感じてしまう。

彼は恨みや不幸に固執しない。伊子の一方的な誤解が原因だった十年前の別れだって、普通なら文句の一つや二つを言うところなのに、ただ単純に誤解が解けたことだけを喜んでいた。

帝に対してもそうだ。伊子の件で少なからず思うところはあるだろうに、嵩那の眼差しや言葉は、あくまでも可愛《かわい》がっていた柾那《まさふゆ》に対するものを失っていない。

その優しさと明るさに、現在の伊子は救われる。若い時分はそこまで意識していなかった嵩那の明るい性質が、あのときよりもずっと魅力的に感じるのだ。

自然とにやけてしまっていることを自覚しつつ、伊子は言った。

「それでは宮様流に申せば、蟬にとって土中こそ喜びも悲しみもある現世で、地上の数日間は後世を祈るための出家の日々ということでしょうか？」

「ああ、そう言ったほうがしっくりときますね」

伊子の提案に、嵩那はわが意を得たとばかりに手を打ち鳴らした。

「さすが大君。貴女の聡明さには本当に頭が下がります」

「そのように大袈裟な……」

「そこで貴女の聡明さを見込んで、相談があるのですが」

唐突《とうとつ》な嵩那の申し出に、伊子はようやっと言ったかという気持ちになった。いやはや蝉の幼虫の話からその生涯まで、ずいぶんと遠回りをしたものである。

「もったいないお言葉でございますが、私にできることであれば」

「実は紫の梅を捜したいのです」

単刀直入すぎる要望に、かえって伊子は混乱した。紫の梅で思い当たるものは、現状ではひとつしかない。

「ですが、あの文の件はすでに……」

「人は臨終間際に、ただの戯言《ざれごと》を他人に送ったりはいたしませぬ」

嵩那の力強い物言いに伊子は口をつぐんだ。

実際に伊子も同じことを気にしていたから、紫の梅という言葉が戯言だとは思わない。おそらく先の東宮は、なにかを斎宮の君に伝えたかったのだろう。ただそれが通常の精神状態で記されたものでなかったのなら、余人《よじん》に解くことは不可能だと思う。

「先の東宮様のご臨終間際は、いかなるご状態だったのでしょうか？」

「精神《おこころ》は最後までしっかり保っておられました」

「…………」

「私も最期のそのときに臨席したわけではございませぬが、数日前にお見舞いに参上致しましたので覚えております。確かに弱ってはおられましたが、明日をも知れぬ生命というわけではなく……と申しますのも先の東宮は生来あまり丈夫なお方ではなく寝込まれることもたびたびだったので、私もいつもの病気見舞いぐらいの気持ちでお訪ねいたしたのです。ですがその数日後、眠るように息を引き取られたそうです」

十数年前のことを、まるで昨日見てきたことのように嵩那は語った。その頃にはすでに顕充は先帝の勘気を蒙って失脚しており、入内予定も立ち消えていたこともあって伊子は先の東宮の状況をまったく知らなかった。

「先の東宮様は、病弱なお方だったのですか？」

「父親である先帝と、お子である今上が壮健であるのとは対照的ですが、ご幼少のころから深刻な状態になることもしばしばでした。いまにして思えば、産まれたその日から生命の灯火を静かに燃やしつづけ、ついに掻《か》き消えたかのようなご生涯でございました」

そういう体質の人がいることは伊子も知っていた。どこが決定的に悪いというわけではないのに常に病がちな人がいる。

嵩那の言うとおりであれば、斎宮の君への文が錯乱《さくらん》状態で書かれたとは考えにくい。ならば何故先の東宮は、あのような謎解きとも取れる文を書いたのだろう。あまりにも不可思議な内容に、文を受け取った当人である斎宮の君も息子である帝も、解明を諦めて仏事で供養をしようとしている。しかしそれもしかたがないことだった。受け取った直後ならともかく、過ぎた年月が長すぎる。

そんな中での嵩那のこの固執は、伊子にとって予想外だった。

「宮様は、それほど先の東宮様と親しくしておられたのですか？」

「普通に親しくはさせてはいただいておりました。まあ年が七歳ほど離れていたので、友人のようにとはいきませんでしたが」

その程度のつきあいなのになぜ？　と思わないでもなかったが、故人の真意を知りたいという動機は、嵩那の人柄を考えれば分からないでもない。それで伊子は、すぐに切りだした。

「ひょっとして、先の東宮様が身罷られたのちに枯れた梅はありませんか？」

「なるほど、それはあるかもしれませんね」

同意したあと、嵩那は思いだしたように言った。

「そういえばご存じですか？　かつては南殿《なんでん》（紫宸殿《ししんでん》）の桜は梅だったことを」

内裏の正殿である紫宸殿の正面には、左右にそれぞれ桜と橘《たちばな》が植えられており、左近《さこん》の桜《さくら》・右近《うこん》の橘《たちばな》と呼ばれている。

「存じております。有名な話ですね。されどずいぶん昔の話ではなかったのですか？」

「はい。平安京に遷都《せんと》したときに植えた梅が枯れてしまったので、代わりに桜を植えたということです。それが現在の左近の桜です。深草帝《ふかくさのみかど》（仁明《にんみよう》天皇）の時代ですから、百年以上前の話ですね」

「それは、さすがにちがうでしょう……」

「そうですよね」

嵩那も冗談のつもりだったようで、笑いながら返した。言われてみれば紫宸殿という名称に『紫』の文字が入っていることは引っかかるが、それなら『濃き桜』と記すだろう。

「他に考えられることといえば……たとえば梅の字を持つ他の草花とか？」

いまひとつ自信がないまま伊子は言った。半ばこじつけのような気もしたが、ただの梅よりは紫の花は見つかりそうな気がする。

「梅の字ですか。思いつくかぎりでは黄梅《おうばい》、蠟梅《ろうばい》……それに梅擬《うめもどき》」

独り言のように嵩那があげた草花に、伊子は身をのりだした。

「そういえば梅擬の花は、紫と言えそうですよね」

「……なるほど！」

嵩那は両手を打ち鳴らし、声を大きくした。

「さすが大君だ。やはり貴女《あなた》に相談して良かった」

「いや、そんな大袈裟な……」

気恥ずかしさから伊子は語尾を濁した。ちなみに黄梅と蠟梅の花は、ともに黄色である。現状では御所に梅擬の木はなかったと思うが、こちらも梅と同じで先の東宮の生存中に植えられていたという可能性もある。

「ありがとうございます。早速調べてみます」

嵩那は少年のように声をはずませた。


しかし御所内には、先の東宮の死後に枯れてしまった梅も梅擬も見つけることはできなかった。その報告を伊子は承香殿ではなく、清涼殿《せいりょうでん》にむかう途中の渡殿《わたどの》で受けた。嵩那は報告のために伊子のところに来る途中だったらしい。

立ち話で詳細を聞いた伊子は、蝙蝠の内側でやはりとため息をつく。

「さようでございますか」

「こうなったら、左近の桜を調べてみるべきだと思うのです」

「は？」

耳を疑ったが、嵩那の顔は真剣そのものだった。いまにも鍬《くわ》か鋤《すき》をかついで紫宸殿に走っていきそうな勢いである。予想外の執着にたじろぎながら、なだめるように伊子は言った。

「左近の桜を掘るなど、周りにどのように言い訳をなさるのですか？　肥料は梅限定のものと言ってしまっていますし、南殿の正面で人目に触れずに作業するなど不可能に近いことでしょう」

「ならば南庭《だんてい》の整備をするとでも言えばよいでしょう。右近の橘も同時にそれらしく作業するふりをすれば、警固の衛士《えじ》達も怪しまないと思います」

「いや、だからどうしてそこまでして……」

懸命に食い下がる嵩那に呆《あき》れつつも、思った以上にこじれそうな事態に伊子は内心で辟《へき》易《えき》しかけていた。

（だいたいなぜ先の東宮様は、あのように不可思議な文を認《したた》められたのかしら？）

そもそもそれがおかしな話なのだ。本当に伝えたいことがあるのなら、あのような謎解きの態《てい》など取らずに明確な文を認めれば良いではないか。それをしなかったのは、よほどの変人か偏屈な人間だったのかとも疑ってしまう。

（あんな文、斎宮の君でなくとも誰も理解できないじゃない）

そのとき伊子の頭の中に、まるで明滅する光のようにひとつの考えが思い浮かんだ。

そうだ。万人が理解できない文章とは、逆に言えば人目に触れさせたくないゆえの仕業《しわざ》という考え方もできる。

あの文に記された真意が先の東宮が斎宮の君に伝えたかったことで、だがけして余人の目に触れさせたくなかったことだとしたら、あのような謎解きの仕様であったことも納得ができる。

先の東宮が清浄を旨《むね》とする伊勢斎宮に伝えたかったこと。そして、けして人目に触れてはならなかったこととは――。

「宮様」

緊張からかすれた声で伊子は呼びかけた。よく聞こえなかったのか、嵩那は怪訝《けげん》そうに伊子を見下ろした。伊子は蝙蝠で口許《くちもと》を押さえ、いっそう声をひそめて問うた。

「先の東宮様は、斎宮の君と恋仲だったのではありませんか？」

驚愕《きょうがく》のあまり物も言えないでいるような嵩那を見て、伊子はさらに緊張した。

もしこの推測が正しければ、これは大変な醜聞《しゅうぶん》だ。清浄を旨とする斎宮《さいぐう》に恋人がいたとなれば、斎宮自身はもちろん相手の男は帝《みかど》への翻意《ほんい》を疑われてもしかたがない。伊勢斎宮とは、帝より任ぜられて伊勢の神に仕える存在だ。彼女達には身を清らかにして今上《きんじょう》の御世の平穏を祈る義務がある。その神聖なる存在を穢《けが》したとあれば、これは帝に対する反逆を疑われてもしかたがなかった。

「よもや斎宮の君は……」

「ちがいます！」

かなり強い口調で嵩那が否定したので、思いっきり緊張していた伊子は気圧《けお》されながらも安堵《あんど》した。

いっぽう気を取り直したのか、嵩那は少し声をひそめた。

「中でお話をいたしませぬか？」

これは只《ただ》ならぬ話題になるのかもしれない。伊子は腹をくくり、嵩那とともに承香殿《しょうきょうでん》に引き返した。急いで座を設《しつら》えさせ人払いをしたあと、伊子は几帳《きちょう》を挟んで嵩那とむきあった。嵩那は待ちかねていたかのように、身を乗りだして語りはじめた。

「私がここまで口外する権利はないのかもしれませぬが、これだけは斎宮の君の名誉のために申し上げます。斎宮の君はなにも後ろめたいことは持たずに伊勢にと下向《げこう》なさいました。彼女はその資格をお持ちでした」

伊子は胸をなでおろした。斎宮としての資格──つまり乙女《おとめ》であったということである。不倫《ふりん》ではない恋愛関係にある男女が肉体的に結ばれることは誰からも非難されることではないが、その資格がないのに偽って斎宮をつづけることは罪である。

毅然《きぜん》として斎宮の君の潔白を主張する嵩那に、伊子はあわてて弁明した。

「無礼を申し上げました。私とて斎宮の君を疑っているわけではございませぬ。されどお二人の間に秘めたる関係が存在していたとしたら、余人《よじん》には悟られぬように、あのような謎解きの文を認《したた》めたことも理由がつくと考えたのです」

伊子の説明に嵩那はしばし無言だった。立腹しているのかと警戒したが、やがて彼は感心したように言った。

「さすが大君《おおいきみ》ですね」

「え？」

「これは一部の皇親と当時の公卿《くぎょう》達しか存ぜぬことです。確かにお二人は筒井筒《つついづつ》の仲として、たがいへの想いを育《はぐく》みあっておられました」

伊子は嵩那の話の意味がすぐには分からなかった。幼馴染《おさななじみ》同士の恋を指す筒井筒の仲でありながら斎宮の君が伊勢斎宮に選任されたということは、要するに二人は結ばれなかったということなのだろうか？

「では、お二人が仲違《なかたが》いをされたのでしょうか？」

「いいえ。先の東宮《とうぐう》は斎宮の君を自分の妃《きさき》にと望んでおられました。ですが添臥《そいぶし》として先の内大臣の姫君、すなわち亡くなられた主上の母君の入内がすでに決まっておりましたので。こちらには時の帝、つまり先帝の意向が強く働いていたために、斎宮の君のお父上である禅師宮《ぜんじのみや》が、後宮での娘の立場を案ぜられてお断りなされたそうです」

宮中での権勢やその構図を考えれば、禅師宮も父親としてそう動くだろう。

これが参議《さんぎ》の娘などの更衣《こうい》格の姫なら、二人とも入内させようという話になったのかもしれない。しかし斎宮の姫は親王《し》の娘。すなわち女王《にょおう》という高貴な身分の女人だ。

帝の妃を公卿の娘達ばかりが占めるようになった昨今では、皇族の女人の入内は稀《まれ》なものとなってきていた。摂関《せっかん》家ほどの後ろ盾はないのに下手《へた》に身分だけは高いので、特に皇子が産まれた場合の立場が微妙なものになってくるからだ。特に内親王などはその高すぎる身分が災《わざわ》いして、臣下への降嫁《こうか》もままならず独身を通すことが常となっている。

「禅師宮様が辞退なされたとはいっても、実際のところは先帝の睨《にら》みが利《き》いたというべきなのでしょうが」

ぼやくように嵩那は言った。確かにそれは大きな要因だろう。いかに先の東宮の意中が斎宮の君であったとしても、同時に入内させれば先帝が後押しする内大臣の姫と寵《ちょう》を競う形になる。禅師宮にそのつもりがなくとも、結果的に先帝に反旗をひるがえすことになってしまう。要するに禅師宮は、断らざるを得ない状況に追いこまれたのだ。

そこまでは納得できるが、そうなると次の疑問が浮かぶ。

「ですが主上の母君は、斎宮の君が下向なさる前に身罷《みまか》られたはずでは？」

二歳年上だった先の内大臣の姫のことは、はっきりと覚えている。なにしろ伊子は彼女と寵を争う立場になる予定だったから、一足早く入内をして見事に男皇子を産んでのけた妃の存在に、少なからず動揺はしていたのだ。

しかしそれ以上に衝撃を受けたのは、その彼女が出産後まもなく、二十歳《はたち》にもならずに亡くなったことだった。安産で男児を産んだ東宮の妃として誰もが今後の栄華を疑っていなかったのに、その途《みち》を阻《はば》んだのは他の妃や一族の政敵ではなく、その年に流行《はや》った咳逆疫《しわぶきやみ》（流行性感冒《かんぼう》）だったのだ。

その内大臣の姫が亡くなったあとに、斎宮の君は伊勢に下った。人の死を好機と言っているようで語弊《ごへい》があるかもしれないが、その間合いであれば誰に気遣うこともなく入内できたのではないのだろうか。

（誰にも、気遣うことなく？）

せつな伊子の脳裏《のうり》に、ある可能性が思い浮かんだ。

そうだ。なにを他人事《ひとごと》のように言っているのだ。斎宮の君からすれば、伊子の立場は内大臣の姫と同じではないか。

「どうでしたかね。時期までは………」

歯切れ悪くその先をごまかす嵩那に、伊子は腹をくくった。なぜ斎宮の君が入内しなかったという伊子の問いに嵩那は応じられずにいる。それはつまり――。

「宮様」

「……はい？」

「斎宮の君が入内できなかった原因は、私ですか？」

父・顕充《あきみつ》が承香殿を訪ねてきたのは、その日の朝議が終わったあとだった。議題は帝が提案した先の東宮のための法要の段取りで、日取りにかんしては明後日開催されることですでに決まっていた。

御簾《みす》も几帳も置かず、差しむかいで父娘は話しあった。年頃の時分はともかく、ある時期からはずっとこの調子である。長年同居していた慣れからなのか、たがいに年を取って恥じらいがなくなったからなのかは分からない。

「帝は供養《くよう》を盛大に行い、先の東宮様の御霊《みたま》をぜひとも成仏《じょうぶつ》させてさしあげたいと思《おぼ》し召しじゃ」

「そもそも先の東宮様の御霊は、なにを仰《おお》せになられたかったのでしょうか？」

鎌をかけるつもりで伊子は尋ねたが、顕充は特別な反応を示さなかった。ただ彼はなにかを考えるように、間をおいてから口を開いた。

「導師殿の法力を疑うつもりは露程もないが、されど今回の場合は、憑坐《よりまし》となった僧も要因だったのではと思うのじゃ」

「え？」

「小姓《こしよう》として先の東宮様に仕えていたかの者の思いが、高僧の法力と重なってあのような現象を生み出したのかもしれぬ。神がかりもそうじゃが、物《もの》の怪《け》という存在には少なからずそういう部分があるようにわしは思うのじゃ」

顕充の言い分は、なるほどと思える部分があった。要するに先の東宮の無念を知っていた若い僧の潜在意識が、無自覚のうちに働いた可能性があったのではと言っているのだ。ならばとうぜん本人に偽りをした自覚はないだろう。

真相はもちろん分からない。あるいは導師の祈禱《きとう》により、純粋に御霊が降りてきたのかもしれない。いずれにしろ先の東宮が無念を抱いたまま亡くなったことは確かだった。

顕充は遠くを見るような眼差《まなざ》しを浮かべたあと、小さく息を落とした。

「いずれにせよ、お心を惑わされた主上にはお気の毒なことだ」

伊子は蝙蝠《かわほり》の奥から、じっと父親を見つめた。

顕充の声音《こわね》は、帝に対する心からの同情に満ちていた。誠実で思いやりのある人柄は苛《か》烈《れつ》な気性の先帝の機嫌こそ損《そこ》ねはしたが、いまでは今上の信頼を勝ち取っている。しかし先帝の勘《かん》気《き》を蒙《こうむ》った理由は、その優しさゆえだったのだ。

顕充が失脚した理由は、先の東宮への伊子の入内を固辞したからだった。そのことを嵩那から聞かされたときは、少なからず衝撃を受けた。

今上を出産してすぐに内大臣の姫は亡くなった。さすがに直後ではなかったが、先の東宮はふたたび斎宮の君の入内を希望した。しかし伊子の入内が内定していたこともあり、内大臣の姫のときと同じ理由で先帝は許可をせず、ちょうど後任を求められていた伊勢斎宮に斎宮の君を決めてしまう。斎宮は候補者の中からの占いで選ばれるが、このとき候補者として名が挙がったのは斎宮の君だけだった。先帝の意向が働いていたことは間違いないだろう。

先の東宮の憔悴《しょうすい》ぶりは傍目《はため》にも明らかだったが、先帝は伊子の入内を急がせて強引に事態の収拾《しゅうしゅう》を図ろうとした。新しい妃を迎えれば気持ちも変わると考えたのかもしれない。

しかし一連の経緯を知る顕充は、この状況で伊子が入内をしても夫婦共に不幸になると考えて入内の延期を申し出た。それが先帝の逆鱗《げきりん》に触れ、彼の失脚につながったのだという。

聞けばいかにも顕充らしい理由だった。だが顕充はこれまで一言も真相に触れず、ひたすら自分の失態だと伊子に詫《わ》びつづけてきた。親として子を思う心、父としての度量の深さに伊子の胸には熱いものがこみあげた。

「それにしてもそなたも、出仕をはじめたばかりだというのに心労が絶えないことであるのう。よもや体調を崩したりはしておらぬか？」

顕充は蝙蝠の奥にある娘の顔色を見ようとでもするように、目をすがめた。胸の中にあるものがいっそう熱を帯びる。

「お父様……」

声が震えそうになるのをなんとか抑えて、伊子は明るく呼びかけた。

「なんじゃ？」

「主上のことも含めまして、後宮のことはご心配なさいますな。まだひと月と少ししか経っておりませぬが、尚侍《ないしのかみ》の仕事はとてもやりがいがあります。ひょっとして天職だったのではと思っております」

天職というのはさすがに大袈裟《おおげさ》かとも思ったが、面倒くさいことも緊張感も含めて楽しめていることは事実だった。

きょとんとする顕充に、伊子は蝙蝠をずらしてにっこりと微笑《ほほえ》みかけた。

「ですから先の東宮様への入内が立ち消えたことも、いまとなってはかえって幸いだったと思っているのですよ」

顕充はまじまじと娘の顔を見つめた。伊子も微笑みを絶やさないまま父の顔を見た。

そういえば親子で見つめあうなど何年振りだろう。あるいは裳着《もぎ》を済ませて以降はそんなこともなかったのかもしれない。

ちょっと照れくさい気持ちもあったが、思いきって伊子は言った。

「お父様の娘として産まれましたこと、まことに僥倖《ぎょうこう》と思っております。伊子の自慢のお父上でございます」

ぽかんとこちら見つめる顕充に、伊子は気恥ずかしさから視線を落とした。目のやりどころをなくして手元の蝙蝠に描かれた柄を眺めていると、ふいと影が差しかかってきて、次いでなにかが頭に触れるのを感じた。見ると腕を伸ばした顕充が、まるで幼子にするように伊子の頭を撫《な》でていた。

伊子は驚きに目をぱちくりさせる。

人から頭を撫でられるなど何十年ぶりだろう？　もちろんふりわけ髪の女童《めのわらわ》の頃であればたびたびあった。両親にとってはじめての子供として生まれた伊子の頭を、顕充は事あるごとに愛《いと》おしげに撫でていたのだ。そしてあれから二十年近くたったいまでも、顕充はあの頃と同じ愛おしげな眼差しで娘を見つめていた。

「まこと偶然じゃな。そなたこそ、わしの自慢の娘であるぞ」

顕充が帰ってからさほどしないうちに蔵人頭《くろうどのとう》がやってきた。嵩那が『左近《さこん》の桜《さくら》』を掘らせて欲しいと、帝に直談判《じかだんぱん》をしているのだと言う。先の東宮の文《ふみ》の件は公表していないので、人を寄越すわけにもいかず彼が直接報告に来たのだ。

人払いをした廂《ひさし》の間に通された蔵人頭は、御簾《みす》の先の伊子に詰め寄るようにして声をひそめる。

「左近の桜が、かつて梅であったことが理由らしいのですが」

「それは私も存じております」

確かにあのときも嵩那はしつこく食い下がってきた。

もちろん掘ったからといって害があるものでもないので、それなら嵩那が納得するまで確かめさせても良いのではとも思う。

問題は周りになんと言い訳をするかである。先の東宮と斎宮の君の関係は一部の人間しか存ぜぬことだから、公《おおやけ》にはしたくない。まして内大臣の姫を母親に持つ帝からすれば、斎宮の君が入内できなかった経緯を知れば複雑な気持ちになるであろう。

（まあ、それは私も一緒だけど……）

少々自虐《じぎゃく》的に伊子は思った。いたわしいことだとは思うが、さすがに先の東宮と斎宮の君の悲恋が自分の責任だとまでは考えない。むしろ伊子の気持ちは、立場が近い帝の母親である内大臣の姫にむかっている。彼女は子まで生《な》した夫の心が自分にないことを分かっていたのだろうか？　いまさら考えてみてもせんないことを伊子は思った。

「それで左近の桜を掘ることに、主上はなんと仰せなのですか？」

「けして気乗りはされておられないようです。ですからこうしてご相談に参ったのです」

いつのまにそんなに頼りにされていたのかと驚いたが、そうなると人としてとうぜんの反応で、期待に応えようと張り切ってしまう。

「なにゆえ主上は、良い反応をなさらないのでしょう?」

「もちろん天子様のご真意など私のような者には分かりかねますが、法要で解決すると決めたあとでかき乱されるのは、先の東宮様の御霊《みたま》だけではなく主上自身のお心も乱されかねません。そのような執心がいっそう故人の成仏の妨げになるとお考えになられたのではないかと――」

まるで僧侶の説法のようであったが、言い分は分からないでもなかった。

蔵人頭はさらにつづける。

「ですからよほどはっきりした理由がなければ、主上も承知なさらないと思うのです。さりなれど宮様は、ただそんな気がするとおっしゃるだけですので」

だめじゃん……と思わず口に出しそうになったが、なんとか自制した。掘って気が済むのなら掘らせてやればよいとは思うが、帝のほうにも拒《こば》むそれなりの複雑な感情がありそうだ。そうでなかったとしても『濃き梅』では、紫宸殿《ししんでん》の左近の桜は思い浮かばない。

「せめて『古《いにしえ》の濃き梅』とでも記されていたら、まだ分かるのだけど……」

ついつい伊子はぼやいた。濃きを紫と解釈して『古い紫宸殿の梅』とできるのなら、まさに左近の桜の場所を連想する。だが斎宮の君への文には『濃き梅』としか記されていなかったのだから――。

(イニシエノコキウメ?)

片仮名でその言葉が思い浮かんだとたん、伊子は口許《くちもと》を押さえた。

「尚侍の君？」

とつぜん黙りこんだことを不審に思ったのか、蔵人頭が呼びかける。しかし伊子は返事もしないまま立ち上がり、蝙蝠をかざして御簾の外に出た。とうぜんそこでは蔵人頭があぜんとして伊子を見上げていた。

「主上のもとに参ります」

「え？　されどいま主上は宮様と――――」

「無礼は承知のうえで、急ぎお伝えしなくてはならぬことがあるのです」

そう言うと伊子は、あたふたする蔵人頭のほうを振り返りもせず簀子《すのこ》に飛び出した。唐《から》衣裳《ぎぬも》での機敏な動きはすでに特技である。小袿《こうちぎ》姿で女房達への指示に終始していた自邸に居たときと比べて、足腰もずいぶんと引き締まってきた気がする。

綾織の裳と浅縹《あさはなだ》の表着《うわぎ》の裾《すそ》を引きながら、伊子は清涼殿の簀子に上がった。先に視線をむけると、親王色の濃き紫の束帯《そくたい》を着けた嵩那の姿が見えた。彼が座る正面は帝の昼御座《ひるのおまし》となっている。さすがに帝の前に走りこんで行くわけにもいかず、伊子は様子をうかがいながら、抜き足差し足で近づいて行った。

「――――父上が亡くなった母上にさほど心惹《ひ》かれておられなかったことは、私も子供ながらに感じていた」

御座所《おましどころ》から聞こえてきた帝の言葉に、伊子はぎくりとして足を止めた。

「私が物心つくころには、すでに母上は身罷られていた。それゆえ母上のお心は存じ上げぬ。されど父上の口から母上の思い出話を聞くことは一度たりともなかった。それゆえ斎宮の君への文を見たとき、父上の心にはこの方がいたのだとすぐに納得がいった」

二人の子供として受け止めるには、なかなか複雑であろう事態を淡々と帝は語った。少なくともその口調から、母の恋敵《こいがたき》である斎宮の君への憎しみは感じられなかった。

平伏したまま嵩那は言った。

「ならばあらためてお願い申し上げます。どうぞ私に左近の桜を調べさせてください」

蔵人頭の話では帝はあまりよい反応をしていないとのことだったが、嵩那はなおも食い下がっているようだった。

「宮」

しばしの沈黙のあと、帝は呼びかけた。

「なにゆえ貴男《あなた》は、そこまでして父上の無念を果たそうとなされるのか？」

それは伊子が地味に引っかかっていたことだ。当事者の斎宮の君も実の息子の帝も、濃き梅の謎を解くことは諦めていた。それなのにさほど親交もなかった嵩那が、なぜここまでの執着を見せるのか不思議だった。

「実は私にも分かりかねます」

意外と堂々と答えた嵩那に、伊子は遠巻きに眉《まゆ》を寄せた。そんな気がすると漠然《ばくぜん》としたことを言わなかっただけましかもしれないが、それでは開き直りと同じである。

「畏《おそ》れ多いことでございますが、なぜか私は先の東宮様の無念をわがことのように切実に感じてしまうのです。されどなぜ自分がこのように思ってしまうのかは、分かりかねているのでございます」

嵩那の告白に、伊子はその場に立ち尽くした。

東宮の無念とは、斎宮の君との実らぬ恋に対する無念にちがいない。そこになぜ自分がこれほど思い入れてしまうのかが嵩那は――。

「分からぬと申されるのか？」

帝の声は心持ち皮肉げな響きをはらんでいた。伊子はぎくりとして、己の立つ位置からは見えない御座所の方向に目をむける。目に見えるはずのない二人の間の空気がひどく張りつめているのを感じた。

「分かりませぬ」

そう答えた嵩那の声に、まったくおびえた様子はなかった。それどころか彼は宣言でもするよう堂々と述べた。

「先の東宮様が抱かれた、実らぬ恋に対する未練と無念。諦めるしかないと分かっているのに、なぜここまで抑えきれないのかが分からないのでございます」

伊子は息をつめた。堂々を通り越して挑発と取られかねない。嵩那はなぜ自分が先の東宮に肩入れをするのか、理由は分かっている。だがそれは帝の機嫌を損《そこ》ねかねない感情である。皇親として抑えなければならないその感情を抑えきれない自分が分からないと嵩那は言っているのだ。彼が抑えきれない、先の東宮に共感する感情とは――。

「宮、貴男は……」

帝の声はわずかに震えていた。その瞬間、伊子は走り出した。

「主上、式部卿宮《しきぶのきょうのみや》様！」

白々しくも息を切らすようにして、伊子は二人の間に飛び出た。この場でこれ以上彼らを対立させてはならない。

先触れもなにもない登場に、嵩那も帝もあぜんとして伊子を見上げている。ちなみに帝は御簾を上げていた。

「とつぜんの非礼をお許しくださいませ。そのうえで私からもお願いいたします。どうぞ左近の桜を掘ってください」

伊子は二人の顔を交互に見比べた。

「濃き梅の意味が分かりました」

剪定《せんてい》と称して『左近の桜』の付近を掘ると、ほどなくして経筒《きょうづつ》（経典を土中に埋納するための容器）を思わせる金属製の容器が見つかった。あんのじょう随分《ずいぶん》と錆《さ》びついてはいたが、側面に刻まれた宛名《あてな》から先の東宮が斎宮の君に託した物だと分かったので、蓋《ふた》を開けないですぐに彼女のもとに届けさせた。

中を確認しないなど、経緯を考えれば帝が承知しないと思っていた。しかし意外なことに帝自身がそれを促したのだ。もちろん斎宮の君には後で報告をするようにとの条件付きではあったのだが。

「濃きは濃き紫ではなく、古記だったのです」

女房達を下がらせた御座所で、伊子は早口言葉のように真相を語った。しかし帝はもちろん、その傍《かたわ》らに控える嵩那と蔵人頭は三人揃《そろ》って訳の分からぬ顔をしている。

コキハコキムラサキデハナク、コキダッタノデス——音《おん》だけを聞けばなんのことかと思うだろう。ちなみに東宮と斎宮の君の関係はこの場で蔵人頭には話したのだが、ここまで介入していた彼は薄々気付いていたようだった。

「濃色《こきいろ》ではなく、古記《ふるふみ》ということですか？」

嵩那の問いに伊子はうなずいた。つまり『濃き梅』とは『濃き紫の梅』ではなく、『古きに記された梅』ということだったのだ。

真相を理解した帝は、気抜けしたように漏《も》らした。

「なんと、さようなことであったのか……」

「しかしなにゆえ先の東宮様は、そのような謎解きの文を斎宮に届けられたのでしょう」

蔵人頭は首を傾《かし》げた。もっともな疑問である。はっきりと埋めた場所を書けば、ここまで混乱することはなかった。そもそも論で言えば、今回埋めていた筒を直接伊勢に届ければ良かった話である。しかしそんなことができる状況であれば、先の東宮はここまで追い詰められていなかったと伊子は考えていた。

「万が一にでも、文が第三者の目に触れてしまうことを恐れられたのでしょう。先の東宮様にとって『左近の桜』に埋めた筒は、斎宮の君以外の方には見せたくないものだったのか、あるいは――」

そこで一度言葉を切ると、あらためて伊子は言った。

「先帝様の目に触れることを恐れられたのだと思います」

嵩那と蔵人頭は眉を寄せた。ありうると思ったのだろう。年齢的なことや立場から、彼らは先帝の苛烈《かれつ》な気質《しつよう》を目の当《ま》たりにしたはずだ。特に嵩那は、先帝が自分の息子と斎宮の君の恋を執拗に阻《はば》んだ経緯を知っている。

対して帝はその表情に困惑を隠さなかった。早世した息子のたった一人の忘れ形見として先帝から溺愛《できあい》されていた帝にとって、父親がそこまで祖父を恐れていたという事実はにわかには受け入れがたいことかもしれない。

「文をお受け取りになられた当初、斎宮の君は伊勢におられたために動けずにいらっしゃいました。そのことをかの君は気に病んでおられました。されど先の東宮様は、元よりそのおつもりで文を送られたのだと思います。斎宮の君が帰京してから、はじめて事を進められるように計らったものと思われます」

「つまり先帝が身罷《みまか》られてから、斎宮の君があの筒を受け取れるようにと？」

嵩那の指摘に、伊子はそうだとうなずいた。

伊勢斎宮の帰京は、特例をのぞき帝が代替わりしたときに限られる。もちろん帝自身が存命中に位を下りることは珍しくないが、先帝の気性や年齢、そして自分が亡き後東宮となるはずの息子の幼さから、おそらく崩御《ほうぎょ》による皇位継承になると考えたのだろう。

「今際《いまわ》の際《きわ》にまで、そのような用心を？」

うめくように帝は言った。

「実の親子だというのに、そこまで父上は爺様《じじさま》のことを恐れておられたのか……」

「いえ。私はそうではないと思います」

素早く否定したのは嵩那だった。皆の視線がいっせいに集中する。

「添臥《そいぶし》の時はともかく、明日をも知れぬ身にあった先の東宮様が恐れておいでだったことは実の父君の意向ではなく、ただただ愛する斎宮の君に累《るい》が及ぶことだけだったのだと思います」

嵩那の発言に、他の三人はそれぞれに神妙な面持《おもも》ちを浮かべた。

年齢や性別、立場に故人との関係等、それぞれに思うことが多岐《たき》に渡りすぎて一言で言い表せるものではなかった。

単純に先の東宮にだけ思いを寄せれば、斎宮の君に対する切ないまでの一途な感情に胸が締めつけられる。相思相愛の男女の実らなかった恋にも涙を禁じ得ない。

だが彼の妃であった内大臣の姫の立場に立てばどうなのだろう？ 自分のたった一人の皇子を産んだ彼女に、夫たる先の東宮は今際の際にさえ想いを寄せることはなかったのだろうか？ 夫婦としての短い期間、彼女は夫の心を占《し》める別の女人《にょにん》の存在に気づいていたのだろうか？

一見して諸悪の根源のような先帝のふるまいも、政《まつりごと》というものを考えれば致し方ない部分もある。息子の心を分かったうえで、涙を呑《の》んで非情に徹したのかもしれない。

そうやってそれぞれの立場から一人一人の気持ちを考えると、誰か一人だけを責めることも同情することもできないのだ。まして亡くなってしまった全ての人達と身内としてかかわり、しかし生者として一人取り残されている帝は、いったい誰に思いをむければよいものなのか混乱しているだろう。

「尚侍の君」

重苦しい沈黙の中、帝が呼びかけた。

彼の心境を想像していただけに、伊子は強く身構えた。

「は、はい……」

「父上は、最期のそのときまで斎宮の君のことを想っておられた。ならば母上は、父上のことをどう思っていらしたのだろうか？」

伊子はすぐに答えることができなかった。確かに伊子は、斎宮の君より内大臣の姫のことを考えてしまう。だがそれは気持ちが分かるからではなく、自分が彼女の立場にあったからかもしれないからである。

「主上の、お母上のお気持ちですか？」

「自分を愛してもいない男を、女人はそれでも愛そうとは思うものだろうか？」

返答に窮《きゅう》する伊子に、帝はまるで独り言のようにつづける。

「父上は母上を愛していなかった。ならば母上が父上を愛しておらずとも、不思議ではない」

「………」

「世間一般では、女人の幸福は男から愛されることだと言うが、実際のところ……これは男女にかぎらずだろうが、自分が愛してもいない相手から愛されずとも、人は苦しくもなんともないのではないか？」

いよいよ伊子は、どう答えてよいのか分からなくなった。

帝の言葉は一理ある。しかしそれを肯定すれば、二人の間に生まれた彼を傷つけてしまうかもしれない。かといって母親が自分を愛していない夫を健気《けなげ》に愛しつづけていたというのも励《はげ》ましにはならない。

「私には、男女の深い心の機微はとうてい分かりかねますが………」

そう前置きをしながら、伊子は慎重に言葉を紡《つむ》いだ。

「やはり自分が愛している殿方《とのがた》から愛されない苦しみとは、まったくちがってくるものかとは思います。されどひとたび夫婦となったからには、だからといって石のように無視できる存在にはなりえないかと……」

帝は伊子の話に無言で聞き入っていた。反論はなくとも納得しているわけではないことがひしひしと伝わってきて、針の筵《むしろ》に座っているような気持ちになる。こんな上っ面《うわつら》な言葉でおためごかしを言っても、この聡い少年をごかませるはずがないのだ。

やがて帝は〝ちがう〟というように、首を横に揺らした。

「いや、むしろ私にはそのほうが良いのだ」

「え?」

小さな声をあげた伊子に、帝は寂しげな笑みを浮かべた。

「そうでなければ、母上があまりにも哀れではないか」

伊子は言葉を失った。嵩那と蔵人頭の目が、痛ましげなものを見るようなものになる。

彼らのそれが亡き人に対するものなのか、それとも目の前の少年帝に対するものなのかは分からなかった、

「……………爺様はなぜ、入内《じゅだい》をお許ししてさしあげなかったのだろう」

非難とも恨みともつかぬ口調で帝は言った。

しかしそうなったら、かならず別の問題が出てきたはずだ。内大臣の姫や伊子のような強い後ろ盾を持つ妃を相手に、斎宮の君がどこまで自分の地位を守れるのか甚《はなは》だ疑問である。まして病弱な先の東宮がどこまで彼女をかばうことができるのか、そんな様々な障害の中で二人が同じ愛情を持ちつづけていられるものなのか――ひょっとしたら入内をしていたら、かえって不幸になっていたかもしれない。

結局、過ぎたことを〝たられば〟で話してもどうにもならないのだ。

消沈した帝に、見兼ねたように蔵人頭が口を挟む。

「先帝様にも、お考えがあってのことかと存じます」

帝は忠臣の言葉に〝わかっている〟とばかりにうなずき、虚空を見るように視線を彷徨《さまよ》わせた。やがて彼はある一点に視線を固定させ、ため息をつくように言った。

「まことこの世は、好きという想いだけでは儘《まま》ならぬのだな」

それから数日後。斎院御所に呼び出された伊子が御所に戻ってくると、まるで殿舎に潜んでいたかのような早さで嵩那が訪ねてきた。そして案内された茵《しとね》に腰を下ろすなり、彼は御簾を押すように身を乗り出した。

「先の東宮が、斎宮の君に託されたものはなんだったのですか？」

挨拶《あいさつ》もなにもなしにいきなり本題を切りだすなど、宮中一の貴公子と名高い嵩那らしくもないが、それだけ気になっていたのだろう。伊子の帰所と同時に承香殿を訪ねてきたことを考えると、殿舎に潜むはないにしても直廬《じきろ》あたりで待機していたのかもしれない。

「斎院様からお聞きになられたのですか？」

伊子の問いに、嵩那は御簾のむこうでうなずいた。

斎院から呼び出されたのは昨夜のことだった。斎宮の君が伊子に相談したいことがある旨《むね》を斎院に話し、斎院がまたもや伊子の都合も聞かずに今日の日を指定して呼びつけたのである。もちろん閉口はしたが、先の東宮が託した筒の件だというので、なんとか都合をつけて行ってきたのだ。占いで吉日が出たのが幸いだったのか、忌々《いまいま》しいのか分からない。

「先の東宮様から、斎宮の君に宛《あ》てた恋文でございました」

恋という部分を強調して伊子は言った。

「ざっと読ませていただきましたが、ひたすら斎宮の君への想いが記された内容でございました。彼女に対する恋情と、妃に迎えられなかったことへの詫《わ》び。不幸にしてこの世で添い遂げることはできなかったけれど、来世でもきっと貴女《あなた》を捜しだすので、そのときこそ必ず添い遂げようと、まことにおいたわしいほどに一途な内容でした」

伊子はこれまで、あれほど切実な恋文を物語の中ですら読んだことがなかった。

しかしそのいっぽうで、帝やその母親である内大臣の姫のことを思うと全面的に同情することもできず、胸に苦い思いが広がるのだった。

「なるほど」

一度相槌《あいづち》を打ったあと、嵩那は遠慮《えんりよ》がちに言った。

「しかしそれをそのまま主上にお伝えすることは、多少躊躇《ためら》われますな」

嵩那の懸念はもっともなものだった。なにしろ筒の中については、かならず帝に報告すると約束をしているのだ。

「はい。斎宮の君もそのことを気に病まれて、それで私に相談をなさりたいとお考えになられたそうです」

「それはまた、ずいぶんと頼りにされたものですね」

からかうような口調に、伊子はうっすらと頬《ほお》を赤くした。頼りにされるのはもちろん光栄だが、斎宮の君は自分などよりずっと賢明な女人なのでおこがましいと感じたのだ。

亡き想い人からあのように痛ましい文を託されたら、普通は自分達の悲恋にしか考えが及ばない気がする。

だが斎宮の君はそうではなかった。あるいはこれが伊勢に下った直後ならちがっていたかもしれないが、十年以上の長い歳月は、彼女に冷静さと思慮《しりよ》深さを与えていた。斎宮の君は自分の気持ちだけではなく、十六歳の帝の心に父親の文が与える影響を慮《おもんぱか》っていた。

「斎院様も交えて三人で話しあいました。その結果、文の内容を一言一句違《たが》わずにお伝えする必要はないので、妃にできなかったことを詫びた恋文だったとだけお伝えすればよいのではということでまとまりました」

やや歯切れ悪く伊子は答えた。嘘はついていないが、なにかをごまかしていると言われればおそらくそうだろう。もとより二人が相思相愛であることは承知していた。しかし実際にあの文を読んで感じた、先の東宮の斎宮の君への一途な想いは想像以上だった。死期を悟った人間が愛する人に宛《あ》てた文という事情はもちろんあるが、そこから他の妃の存在は欠片《かけら》もうかがうことはできなかった。

おそらく先の東宮の心は、最期まで斎宮の君の存在だけで占められていたのだろう。実際に文を読んだ者にしかわからない、そんな肌で感じたことは帝に伝えないことにしたのだ。正直に言ったところで誰も得はしないし、隠していたところで誰も損はしない。それならば黙していてもかまわないだろうと、うば桜の女三人が妥協《だきょう》したのだ。

しかしこの結論に、嵩那がどう反応するかは分からなかった。

伊子は緊張しながら、御簾むこうの嵩那の反応をうかがった。

「さようでございますか」

静かに嵩那は言った。そして彼は、それ以上とやかく言うことをしなかった。

伊子は胸を撫で下ろした。なんとなくだが、嵩那は伊子達がごまかそうとしているものの存在に気付いていているのだろうと思った。

どう考えているのか、がらりと口調を変えて嵩那は言った。

「しかし斎宮の君が貴女に相談したいというのも、考えてみれば不思議な縁ですね。経緯を考えれば、おたがいになにか屈託を持っていてもよさそうな気はするのですが」

確かに意図してのことではないとはいえ、たがいの存在がそれぞれの入内を阻《はば》む結果になってしまっていた。それを考えれば、なぜ斎宮の君が伊子を相談相手に選んだのか不思議に思うかもしれない。最初の相談は斎院から話がきたものだが、今回は斎宮の君が直接伊子に依頼したものだった。

対して伊子は、明るい声で言った。

「でも私達、よいお友達になれそうですのよ」

「はい？」

「これは今日、斎宮の君がお話しくださったことなのですが……」

伊子は御簾の内側で、悪戯《いたずら》めいた笑みを浮かべた。

「ご自身の先の東宮様に対する想いはいまも変わりなく、真心のこもった御文にいっそう愛しさが募《つの》ってやりきれなくなった。なれどそのいっぽうで、仮に東宮妃、ひいては帝の妃となり他の女人達と寵を争うことになっていたら、いまと同じ気持ちでお慕い申し上げることができたのか自信がないと……」

この伊子の証言に嵩那は無言だった。聞きようによっては、故人に対して冷たいようにも取れるだろう。特に嵩那は男の立場で聞くだろうから余計にそう感じるかもしれない。

もちろん斎宮の君にも、叶わなかった恋に対する無念はあった。しかしそのように考えると、それも含めて人生なのだと受け入れることができそうなのだと彼女は語ったのだ。自分はいま生きているから、このあとの人生も生きていかなくてはならないのだとも言った。

「私の口から申すのもなんですが、斎院御所で会ったときに、入内をすることができなかった私がいきいきしていたので、なおさらそのようにお考えになられたそうです」

伊子の言葉に、嵩那は一瞬の間のあと声をあげて笑い転げた。つられたように伊子も、蝙蝠《かわほり》で口許《くちもと》を押さえて笑いだした。

「なるほど。それで貴女達は、よき友人になれそうだとおっしゃるのですね」

「はい」

「しかし斎宮の君はそのようにお考えでしたか。私は男ですから、ただただ東宮のお気持ちばかり考えていて想像も致しませんでした」

「私は女ですが、斎宮の君ではなく主上のお母上のことを一番に考えましたよ」

「もちろん。人それぞれ思うことはちがうのですから、それがとうぜんでしょう。先の東宮と斎宮の君の温度差にかんしても、身罷られた方といま生きている方という明確なちがいがありますしね」

自分とちがう意見をあっさりと認める嵩那に、伊子の表情に自然と和《やわ》らぐ。先の東宮と内大臣の姫。それぞれが思いを寄せた故人はちがうのに、嵩那に対する共感が伊子の心を満たしてゆく。彼の心の広さが好きだと素直に思った。

――私は、やはりこの方が愛しい。

染み入るように実感する。立場や状況を考えれば、けして手放しに喜べるような感情ではないのに、きらきらとまばゆい光を浴びている心地になる。どきどきと弾んで、膨《ふく》らんでゆく気持ちを抑えられない。

「おお、つい長居をしてしまいました」

慌てたような嵩那の声に、伊子は物思いから立ち返った。見ると嵩那はすでに腰を浮かしかけている。

「では、本日はこれでお暇《いとま》致します。なにかありましたら、又お知らせいただけるとありがたいです」

「はい。なにかございましたら、必ずご相談いたします」

必ずという言葉に、嵩那は中腰のまま動きを止めた。そのままの姿勢で、彼が探るようにこちらを見ているのを感じた。伊子も御簾があるのを良いことに、蝙蝠も持たずに真正面から嵩那の顔を見つめた。輪郭《りんかく》だけでぼんやりとしか見えなかったけれど、ふんわりと漂う落ちついた黒方《くろぼう》の香がその存在をはっきりと認識させる。

しばらくの間、そうやって二人は見詰めあう。やがて、呼吸を取り戻したように嵩那は言った。

「ありがとう。それでは、また参ります」

「あら。宮様、蝙蝠をお忘れのようですよ」

茵を片付けに廂《ひさし》に出た千草の声に、伊子は御簾を持ちあげた。千草がちょうど蝙蝠を拾い上げたところだった。話している間に何度か揺らしていたようだが、そのまま置き忘れていってしまったのだろう。

「かして」

などと言いながら、伊子は千草から蝙蝠をほぼ引ったくった。

「私がお返ししてきます」

「え、姫様？」

千草がなにか言うのも無視して、伊子は蝙蝠を握りしめて簀子に飛び出した。

幸いだ。忘れ物を届けるのなら、堂々と会いにいけるではないか。つい先刻話したばかりの相手にそんなことを思うなど、冷静に考えればどうかしている。分かっていても会いたいと思う気持ちが抑えられない。

(急がなきゃ、お帰りになってしまう)

簀子を少し進むと、滝口《たきぐち》を挟んだ先にある別の渡殿《わたどの》を行く嵩那の姿が見えた。数間《すうけん》程の距離があるので顔まではっきりとは見えないが、束帯《そくたい》の色と背格好で彼だと分かった。いまから清涼殿にむかうところのようで、伊子に横顔を見せるむきになっている。さすがにここから大声を出して呼び止めるわけにもいかず、さらに急ごうとしたのだが――。

「まあ、式部卿宮様！」

びっくりするほどの裏返った声に出鼻をくじかれる。見ると清涼殿のほうから、若い女房達が数名で渡殿を進んできていて、ちょうど嵩那と鉢合《はちあ》わせる形になったのだった。出てきた場所から考えて、台盤所《だいばんどころ》か後涼殿《こうろうでん》あたりに控えていた命婦《みようぶ》達だろう。若いと言っても二十代前半くらいだろうが、それでも伊子より十歳近くも若い。内侍司《ないしのつかさ》に所属する彼女達は、伊子の部下という立場になる。ちなみに千草をはじめとした承香殿の女房達は左大臣家がつけた者なので、部下というより従者に近い存在だ。

上官が遠巻きに眺めていることに気づかない女房達は、口々に嵩那に話しかける。

「お久しぶりです。これから主上のもとに上がられるのですか？」

「そういえば来月は端午《たんご》でございますね。宮様も節会《せちえ》にはご参加なさるのですよね」

「当代一の名手と名高い、宮様の笛を楽しみにしております」

一人一人なら雀《すずめ》のように愛くるしい若い娘の声も、集団になるとかしましい。暴言であることを承知で、雌鶏《めんどり》を思わせる黄色い声だと思った。

（なによ、かまびすしい。御所の女房としてどうなの？）

いつもなら〝若い人って本当に元気ね〟と余裕を持って聞けるのに、どういうわけか今回にかぎってムカムカしてしかたがない。

「端午と言えば宮様は、いったい今年はどなたに薬玉《くすだま》をお贈りになりますことやら」

からかうような女房の声に、伊子は驚いて耳を澄ます。菖蒲《しょうぶ》や蓬《よもぎ》の葉を編んで作る縁起物の端午の薬玉は、親しい相手に美しい糸や細工で飾った豪華な品を贈る習慣になっている。そして男が家族でもない女に贈る場合、目的は決まっていた。

――今年はどなたに薬玉をお贈りになりますことやら。

伊子は身を乗り出した。悔しいが、ものすごく気になる。しかし女房達の声は聞こえても、この距離では嵩那の表情までもは分からない。

「いや、あの……」

あたふたと言葉を濁す嵩那をどう思ったのか、女房の一人が恨みがましげに言う。

「宮様、昨年はずいぶんな数の薬玉をお贈りになられたと聞きましたわ。今年は私も期待してよろしいのかしら」

よくも悪くも高揚《こうよう》していた気持ちが、すっと鎮火したように冷めた。

ずいぶんな数の薬玉のうちに、もちろん身内の分も含まれてはいるのだろうが、女房の口調からして大半はそうではないことは瞭然だった。

(そうだわ。この人は確か、業平《なりひら》の生まれ変わりと言われていたんだった)

出仕をはじめる前に耳にして、御所に来た直後に実感した噂《うわさ》を思いだした。近頃はその気配がなかったので、すっかり忘れていた。

「姫様、宮様はいらっしゃいましたか?」

御所の女房としてどうなの?　と思うような元気いっぱいの声で、千草が渡殿を追いかけてきた。とうぜんむこうの渡殿にも聞こえていた。いいかげん聞き覚えもあるであろう千草の声に、嵩那はぎょっとしたようにこちらをむいた。

「大君!?」

表情は分からないが、嵩那の声はあからさまに動揺《どうよう》していた。それまで思いっきり腹立たしかった伊子ではあったが、その反応に少しだけ気分を良くした。他の女といる場面を見られてうろたえる男の声は確かに聞き苦しいかもしれないが、平然と開き直る男に比べたら、そのみっともなさはどうしようもなく愛《いと》おしいではないか。

手にしていた嵩那の蝙蝠をするりと袂《たもと》に隠すと、自分の蝙蝠を広げて伊子はしずしずと足を進めた。そうして嵩那達がたむろする渡殿の端に立つと、ものすごく優しい声音《こわね》で女房達をたしなめた。

「まあまあ、貴女達ときたらかまびすしい。いけませんよ、宮様のお勤めのお邪魔をしては」

「すみません、尚侍の君」

伊子の優しい声に、女房達は失敗を見つかった子供のように肩をすくめた。そんな中で嵩那一人が、わけのわからぬ顔でうろたえていた。

しかし伊子は嵩那のことは完全に無視して、女房達に愛想よくふるまう。

「さあ。端午の準備もありますから、はやく持ち場に戻りなさい。今年は盛大に行う予定だということですから、しっかり頼みますよ」

「かしこまりました。お任せください」

若い女房達は声をそろえた。先ほどは雌鶏などとひどいことを思ってしまったが、やはり自分の部下とは可愛いものだ。

ふと目をむけると、嵩那はもはや百鬼夜行《ひやっきやこう》に出くわしたように顔を引きつらせている。これで無反応だったらさすがにへこんでいたが、予想通りに動揺してくれて溜飲《りゅういん》が下がったというものだ。

（ああ、気持ちがいい）

伊子は蝙蝠の内側で必死に笑いを押し殺した。もう少し反応を見てやりたいが、他にやることもあるので止めた。仕事を持つ女はいつだって忙しいのである。

どうやら嵩那は蝙蝠を忘れたことにまだ気づいていないようだが、それならそのときまで預かっておいてやろう。そうしたら彼が伊子の殿舎に足を運ぶことになるから、また会えるではないか。

「では、私はこれで」

「あ、あの大君！」

嵩那が呼び止めたので、伊子は動かしかけていた足を止めた。蝙蝠の上から見上げると、嵩那はあたふたした調子で尋ねた。

「私、蝙蝠を忘れておりませんでしたか？」

しめしめ。

伊子は蝙蝠の内側でそっとほくそ笑んだ。

「さあ、気づきませんでした。あとで女房達に捜させておきますので、宮様の御用時が済みましたら私どもの殿舎にお寄りくださいませ」

第五話
言ってはいけないことと言わなくてはいけないこと

水無月《みなづき》に入ってまもなく、宮中を揺るがす大事件が起きた。

呪詛《じゅそ》である。

事の発端は、藤壺女御《ふじつぼのにょうご》こと桐子《ひさこ》が数日前から臥《ふ》してしまったことにあった。当初は時季的に暑さで体調を崩したものと考えられていたが、いくら祈禱《きとう》を行ってもまったく改善しないことを不審に思ったお付きの女房が調べさせたところ、藤壺の床下から大きな疵痕《きずあと》のある木製の人形《ひとがた》が見つかったのだ。呪詛は呪いたい相手の魂を呪術で封じ込めた人形を、焼く、切る、埋める、釘を打つなどして成立するとされる。

もっとも重罪とされる行為を御所内で行うという犯人の大胆《だいたん》さに、朝臣《ちょうしん》も女房達も恐怖に震え上がった。その中で果敢《かかん》に犯人捜しに躍起《やっき》になっていたのは、とうぜんながら桐子の父である右大臣《うだいじん》だった。

「ええい、忌々《いまいま》しい犯人め！　主上《おかみ》のおわす御所にあのように穢《けが》れた物を持ち込むとは、なんという蛮行《ばんこう》。あれ以来、女御はずっと臥せっておられるではないか」

壁を震わさんばかりの怒声に、櫛形窓《くしがたまど》から様子をうかがっていた伊子《かのこ》は肩をすくめた。

朝議《ちょうぎ》が執り行われる清涼殿《せいりょうでん》の南廂にあたる『殿上の間《てんじょうのま》』は、女房達の控え所『鬼の間』の壁を隔《へだ》てた隣に位置している。中ではこの間に上がる資格を持つ五位以上の殿上《てんじょう》人《びと》達が、それぞれ身分に応じた位置に二列で向きあうように座っていた。

（うわ～、怒っている、怒っている）

冷や冷やしながら覗《のぞ》き見をしていると、後ろに控えていた千草《ちぐさ》が抗議するように訴えた。

「姫様、一人でご覧にならないで私にも見せてくださいよ」

伊子は窓枠《まどわく》に手を置いたまま、千草のほうを見る。

「別に独り占《じ》めしているわけじゃ……」

「――となれば、あとは尚侍《かん》の君の仕業《しわざ》としか考えられぬでありましょう！」

右大臣の口からいきなり出た自分の呼称に、伊子はぎょっとして窓の奥に視線を戻した。

その隙に千草も、ちゃっかり伊子の肩越しにへばりつく。

「失敬であろう、右《う》の大臣《おとど》！」

右大臣の向かい側に座っていた顕充《あきみつ》が身を乗り出した。

「なにゆえ王女御《おうのにょうご》の仕業ではないのなら、わが娘・尚侍《ないしのかみ》がという話になるのか」

千草と話していて聞き損っていたが、どうやらその前は莚子《さいこ》に首謀者《しゅぼうしゃ》の疑いがかけられていたようだ。確かに立場だけでいえば、桐子と莚子は妃同士という敵対関係にある。しかし周りの女房達ならともかく、八歳の莚子が率先して呪詛を行うとは考えにくい。それが否定されたのち、伊子に飛び火したという展開のようだ。

政敵の叱責《しっせき》にも右大臣はひるんだ様子を見せなかった。

「知れたこと。左《さ》の大臣《おとど》の娘御の出仕が、いずれの入内《じゅだい》を見込んでのものだというのは周知のことではありませぬか。されど素直に入内をするにはあまりにも高齢すぎて体裁《ていさい》が悪いゆえ、いたしかたなく尚侍という形を取ったのでありましょう」

おい、失礼だろう。伊子は心の中で突っこんだ。

いくら本当のことでも、他人様《ひとさま》のお嬢様をあまりにも、、、、高齢などと称しては礼儀を欠くではないか。いい年をして、そんな常識さえ分からないのか。そもそも入内を望んでいるのは帝《みかど》のほうで、こっちにそんな野望はさらさらない。それどころかどうやって断ろうかと必死になっているところなのに。

「いやいや、それはありまへんでしょう」

ひょうひょうとした口調で否定の言葉を口にしたのは、弾正宮《だんじょうのみや》だった。展開上右大臣を諫《いさ》めようとしてくれているのだろうが、伊子は嫌な予感がした。というも今上《きんじょう》の大伯父《おおおじ》にあたる親王でかなり高齢な方なので、若い人とは別の意味で迂闊《うかつ》な発言が多いのだ。

癖《くせ》なのかしきりにいじり続けている髭《ひげ》はすっかり白くなっており、親王色の濃き紫の束《そく》帯《たい》も経年のためにかなり色褪《いろあ》せていた。

「尚侍の君の入内を切望されておられるのは、むしろ主上のほうやいうのは皆が承知してはることです。右の大臣が信じられひんいう気持ちも分かりますが、類を見ない年増好《としま》みという男は昔からおりますさかい。それを考えれば相手を呪詛したいと思うのは、むしろ藤壺女御が尚侍の君をやないですか。あんたはんのところの姫はんはえらい跳ねっかえりですからなあ」

「失敬《しっけい》な!!」

左右の大臣がそろって声をあげた。しかし弾正宮に失言の自覚はないようで、なにを怒られたのか分からないように髭をつまんでいる。伊子は壁一枚を隔てた先で、怒るよりも呆《あき》れて窓枠に額を押し付けていた。場を収めようとして、かえって火に油をそそいでしまっている。

(ていうかさ、どいつこもこいつも他人様のお嬢様をなんだと思っているのよ)

伊子に対する右大臣しかり、弾正宮にいたっては伊子にも桐子にも失礼である。関係者がいない場所での噂話《うわさばなし》ならともかく、その娘の父親がいる場所で口にする言葉ではないだろう。

男達の失礼な発言にふつふつと怒りを煮やしていると、後ろから千草がささやいた。

「年増好みというのはともかく、藤壺女御にかんしては弾正宮様も良く言ってくれましたよ」

咎《とが》めるような目をする伊子に、千草は頬を膨らませた。

「だっておかしいじゃないですか。主上は藤壺女御様より、姫様や王女御様のほうに断然親しんでおいでなのに、なぜこちらがあちら様を呪詛しなければならないのですか」

まったくをもってその通りである。そもそも妃ではない伊子とまだ女童《めのわらわ》である茈子は、寵愛《ちょうあい》の対象でもないから桐子と張りあうつもりもないのに。

「だいたい姫様が出仕する前から、主上と藤壺女御様の間はうまくいっていなかったというではありませんか。他人にあらぬ疑いをかける前に、娘への后《きさき》がねとしての教育が失敗したことを反省するべきですわ」

「言い過ぎよ」

辛辣《しんらつ》に言いつのる千草を、今度こそ伊子は言葉でたしなめた。確かに事実上一人妻の状態で夫婦仲がうまくいっていないのだから、妃として桐子がよほど不適合だと思われてもしかたがないのだろうが。

櫛形窓のむこうでは、殿上人達が全員で喧々囂々《けんけんごうごう》やりあっている。日頃は穏やかな顕充も、娘に呪詛の疑いをかけられたのだからさすがに強い口調で反論をしていた。

「みなさま、お静まりください」

堪《たま》り兼ねたように声をあげたのは嵩那《たかふゆ》だった。先程は伯父にあたる弾正宮の失言に頷を押さえていたが、なんとか気を取り直したようである。

一同が静まったのを確認してから、あらためて嵩那は切りだした。

「藤壺の床下から見つかった人形は、新しいものではなく経年を感じさせるものだったという話ではありませんか。尚侍の君は出仕なされてからふた月しか経過しておりませぬゆえ、彼女がその人形を仕込んだとするには無理があるでしょう。そもそも女御が具合を悪くなされたのはここ数日間のこと。呪詛の効き目としては遅すぎる気が致します」

あらためて嵩那が言わずとも普通に考えれば分かりそうな話だが、朝臣達はようやく落ちつきを取り戻した。右大臣もしぶしぶながら納得したようだった。

そのあとも呪詛の対策について話しあいは続いていたが、伊子は聞き続けることができなかった。というのも帝から呼び出しがかかったからである。伝えに来たのは勾当内侍《こうとうのないし》だった。

「朝餉《あさがれい》のほうでお待ちでございます」

朝餉とは、帝の居室である『朝餉の間』のことだ。直属の部下である年上の女房の言葉に、伊子は未練がましく櫛形窓を見た。疑いが晴れたとはいえ自分の名前が出たのだから、この後の展開は気になる。しかし帝に呼ばれたのだから出向かないわけにはいかなかった。

「私が聞いておきます」

声をひそめて千草が言う。失礼な発言は多々あるが、やはり乳姉妹《ちきょうだい》は頼りになる。

お願いねというように目配せをすると、伊子は裾《すそ》を引きながら『鬼の間』を後にした。

朝餉を訪れた伊子は、帝から桐子への見舞いを申しつかった。

簀子《すのこ》に控えてその命令を聞いたときは、耳を疑った。

「私が藤壺女御様のところにでございますか？」

戸惑う様子をどう思ったのか、帝は茵《しとね》から身を乗り出した。

「貴女《あなた》が藤壺をあまり好いていないことは私も存じている。しかし見舞いに中臈《ちゅうろう》程度を遣わしては、世間にも女御にも私が彼女を軽んじていると受け取られてしまう」

「い、いえ。けしてそのようなつもりで言ったわけでは……」

あわてて伊子は否定する。

尚侍である伊子は、内侍司で最高位の女房で現在は唯一の上臈である。帝の名代としてふさわしい立場と言える。もちろんたかだか見舞いだから命婦あたりの中臈を遣わしても問題はないのだろうが、そのあたりは帝の桐子に対する気遣いだろう。たとえしっくりいっていない夫婦でも、帝は桐子を尊重はしている。その意図はもちろん分かりはするのだが――。

「あの……」

伊子は遠慮《えんりょ》がちに切り出した。

「さしつかえなければ、主上が女御のもとに足を運んでさしあげてはいかがでしょうか？」

別に非常識な提案ではない。里帰り中ならともかく、同じ御所内で療養中の妃の見舞いに帝が足を運ぶことを破格とまでは言わないはずだ。とはいえ円満ではない夫婦に、微妙な進言ではあるかもしれない。

あんのじょう帝は眉間《みけん》にしわを刻み、伊子から視線をそらした。傍《かたわ》らに控えていた蔵人頭《くろうどのとう》が困惑とも抗議ともつかぬ眼差《まなざ》しで伊子を見ている。針の筵《むしろ》に座っているような気持ちになったが、間違ったことを言ったつもりはなかった。

伊子は腹をくくって、帝の返事を待った。

帝はしばらくの間、伊子の背の先にある壺庭《つぼにわ》のこんもりとした萩の茂みを眺めていたが、やがてゆっくりと視線を戻して口を開く。

「尚侍の君も、私が藤壺を疎《うと》んじていると思っているのか？」

思った以上に率直《そっちょく》に訊かれて、一瞬返答に詰まる。とはいえ自分で蒔《ま》いた種だから、伊子は正直に答えた。

「お二方のご気性があまりにも違いますゆえ、難しいところはおありかと存じます」

「そうだな。まことに難しい」

自嘲《じちょう》気味に漏《も》らしたあと、はっきりと帝は言った。

「されど私は、別に藤壺を疎んじてはおらぬ」

予想外の発言に、伊子は目を円《まる》くする。

「むしろ自分の気持ちに正直で、人目を気にしないあの言動を清々しいと思うときさえある」

「あ、それは私も同意でございます」

登花殿《とうかでん》の物《もの》の怪《け》騒動以来、伊子は桐子が嫌いではなくなっていた。さすがに仲良くしたいとまでは思っていないが、貴族の姫としては破天荒な我の強さも、相手が誰であれまったく揺らがない裏表のないものだと気付いてから受け止め方が変わっていたのだ。

ここぞとばかりに便乗した伊子の告白に、帝は思わずのように苦笑した。しかしそれは一瞬のことで、彼はたちどころに眉《まゆ》を曇らせた。

「しかし二人でいると、安らげない」

伊子はなにも言えなかった。

疎んじてはいないし、好ましく思う部分もある。だが共にいて安らげない。それは伊子が桐子に思う気持ちと、まったく同じだったからだ。

とはいえ伊子と帝では、桐子に対する立場がまったくちがっている。ソリがあわないのなら伊子は避け続ければよいだけの話だが、夫である帝はそんなふるまいはできない。

だとしたら、方法は一つしかない気がする。

「もし女御のおふるまいでご不満に思う所があれば、主上としてではなく、ご夫君として正直にお咎めになられても宜《よろ》しいのではないでしょうか?」

帝という立場上、確かに人を注意をすることに気は遣うだろう。軽いつもりで言った言葉も必要以上に相手を委縮させてしまう。尚侍という最高位の女官となった伊子も、そのことを痛感している。まして天子という立場にあればなおのことだ。

しかし夫という立場からであれば、桐子の受け止め方も変わってくるかもしれない。そもそも桐子が少々の権威や常識では自分を変えない人間だから、横暴だとしてもそれぐらい強く言わないと効果はないように思うのだ。

伊子の意見に、帝は苦々しい表情を浮かべていた。

見舞いを促す等、出過ぎた発言をしていると自分でも思う。しかし帝が桐子を嫌っていないのなら、このまま苦手意識だけに振り回されて距離を取ったまま過ごすのは切ない。

しばしの沈思のあと、ぽつりと帝は言った。

「私が咎めたら、あれはどのように応じると思う？」

「……どのようにとは？」

「あれのふるまいは、いちいち私の予想を覆《くつがえ》す」

伊子は内心で首を傾《かし》げた。伊子に言わせれば、あんな分かりやすい女人はいないからだ。

しかし帝の常識では、確かに想像が追い付かない部分はあるかもしれない。義母の斎院《さいいん》も強烈な性格ではあるが、あちらは内親王ではなく女帝とでも思えば高貴な姫君らしい人だ。そもそも斎院のほうも親子ほどの年齢の相手に対して、伊子や嵩那に対するように横暴にはふるまわない。

帝は一度視線を空に彷徨《さまよ》わせ、深いため息をつくように言った。

「だから、共にいても安らげないのだ」

結局、伊子は藤壺に行くことになった。

帝から預かった見舞いの品は漆塗《うるしぬ》りの薬箱で、滋養《じよう》と婦人病に効く高価な薬が瑠璃《るり》と銀の薬壺にそれぞれ収めてある。

清涼殿から戻ってきて、伊子はさっそく藤壺に遣いを出した。いかに帝の遣いでも、連絡もなく女御を訪ねるわけにはいかない。

藤壺からの返事待ちの間に、鬼の間から千草が戻ってきた。そして伊子の姿を見るなり、裾を乱しつつ駆け寄ってきた。

「えらいことになりましたよ」

不穏な発言に、伊子はあたりを見回す。女房が数人いるが、千草は問題ないというように右手を軽く振った。

「呪詛犯を捕える責任者に、式部卿宮《しきぶのきょうのみや》様が任命されました」

「は？」

はじめは千草が冗談を言っているのかと思ったが、表情を見るかぎりどうもそうではないらしい。

「え、どういうこと？」

　都における犯罪の捜査、糾弾《きゅうだん》、逮捕のほとんどは検非違使《けびいし》に一任される。今回の事件もとうぜん検非違使の管轄《かんかつ》になるはずである。

「実は実顕《さねあきら》様が別当《べっとう》であることに、右大臣様が異をお唱えになられまして」

　なるほど、そういうわけか。実顕は伊子の五歳下の弟で、右衛門督《うえもんのかみ》と検非違使別当を兼ねている公達《きんだち》だ。別当とは検非違使庁の長官職である。捜査側の責任者が左大臣の嫡男《ちゃくなん》では、右大臣も納得できるはずがない。

　そこまでは分かるのだが、なぜ式部卿宮である嵩那がその責を負わされるのだ。式部省の主たる職務は文官の人事である。呪詛の犯人捜しなどお門違いも甚《はなは》だしい。検非違使庁が駄目というのなら、せめて元々は似たような業務を請け負っていた弾正台とか――。

（あ、無理か……）

　弾正台の長官は、朝議の場で火に油を注いでいた弾正宮である。皇親という立場で右左のどちらの大臣家にも肩入れはしていないが、圧倒的に頼りない。とても任せようという気にはならないだろう。ちなみに現在の弾正台は有名無実の省だが、検非違使庁に委《ゆだ》ねられている業務の多くがかつては任されていた。

「つまり、それで宮様にお鉢が回ったの？」

「はい。朝臣のどなたかだとどうしてもどちらかの大臣によりますし、かといって他の宮様方も、弾正宮様ほどではなくともほとんどがお年を召した方ばかりで、皆様一様に自分には無理だと仰《おお》せになられまして」

「……要するに押しつけられたってこと？」

「ぶっちゃけ、そうですね」

千草の答えに伊子はこめかみのあたりをぎゅっと押さえた。どいつもこいつも、まったく使えない男達ばかりだ。よそ様のお嬢様達に失礼なだけではなく、責任感までないときている。

ちょうどそのとき、藤壺から訪室を了承する返事が来た。それで伊子は話を打ち切り、千草に薬箱を持たせて承香殿を出た。

いくつかの殿舎と渡殿《わたどの》を通り過ぎると、やがて清涼殿の簀子に立つ嵩那の姿が見えた。腕組みをしたなりで、藤壺の庭に設置された青々とした葉を茂らせた藤棚を眺めている。

「宮様」

伊子の呼びかけに、嵩那ははっとしたように振り返った。腕組みを解いたその表情に満面の笑みが浮かぶ。伊子は蝙蝠《かわほり》をかざしたまま、彼の傍に歩み寄った。

「大変なことになったようですね」

「ご存じでしたか」

笑顔から一転、うんざりした顔で嵩那は言った。

「まったく無責任にもほどがある。犯人とされれば遠流《おんる》は免れない重罪を、私のような素《しろ》人《うと》に調べさせようとするなんて」

「それだけお人柄が信頼されているということですわ」

なだめるように言うと、嵩那は緩《ゆる》く首を傾《かし》げつつ照れたように笑った。

その笑顔を見て伊子は、深く考えもせずに言った自分の言葉が当たらずも遠からずなのかもしれないと思った。

嵩那は老若男女《ろうにゃくなんにょ》問わず好かれている。容姿の美しさはもちろんだが、なによりその性質によるところが大きいと思う。尖ったところがなく、目上を尊重して目下には優しい。あまり完璧《かんぺき》過ぎると普通は引かれるものだが、嵩那の場合うまい具合に抜けている。風物にかんしての珍妙な感性などその最たる例だ。

十年前の伊子は、嵩那の貴公子然とした美しさと物腰の柔らかさに惹《ひ》かれていた。

しかしいまは、もっと深い部分にある彼の人間的な魅力に惹かれている。昔それに気付かなかったのが伊子の若さだったのか、あるいはそれ自体、嵩那が年齢を重ねたことによって新たに得たものだからなのかは分からなかった。

「なにかあれば私も協力いたします。なんといっても後宮で起きたことですから」

伊子の言葉に、嵩那が表情を和《やわ》らげたとき。藤壺の殿舎から怒声とも悲鳴ともつかぬ女の声が上がった。

「ひょっとして、藤壺女御になにか？」

嵩那の言葉に伊子は表情を強張《こわば》らせた。桐子はもう幾日も臥せっている。

直後、藤壺から御簾《みす》を跳ね上げてなにかが飛び出してきた。

それは一匹のキジ猫だった。

猫は高欄の隙間から白砂に降りると、今度は弘徽殿《こきでん》の簀子に飛び上がった。伊子達がいまいる清涼殿から見ると、藤壺と弘徽殿は片仮名のコの字をひっくり返したようにむかいあって並んでいる。

叫び声を聞きつけたのだろう。弘徽殿から女房が出てきた。

「まあ、トチったらまたあちらへ行ってしまったの？」

弘徽殿の女房は猫を抱き上げた。どうやらトチというのは猫の名前らしい。

直後に藤壺からも若い女房が飛び出してきた。藤壺では桐子にあわせて、若い女房ばかりが集められていた。唯一の年長者だった桐子の乳母は、服喪《ふくも》にて御所から下がっているという話で伊子も顔を見たことはなかった。

藤壺の女房は、猫を抱く弘徽殿の女房に素早く目を止めた。

「嫌がらせもいい加減になさいませ！」

驚くほど躊躇《ちゅうちょ》なく、藤壺の女房は怒鳴りつけた。大人が大人を、こんなふうに怒鳴りつけているところを伊子ははじめて見た。

いっぽう、一瞬はひるんだ弘徽殿の女房も負けてはいない。彼女は伊子ぐらいか、あるいはもう少し上のように見えた。いずれにしろ十近くも年下の娘に怒鳴られてひるむわけにはいかないだろう。

「そちらこそ、言いがかりでございましょう。確かに猫を逃がしてしまったのはこちらの手落ちでございますが、まるで故意にけしかけたような言い方はおよしくださいい」

「あら、開き直りでございますか？　去年からこれでもう二回、いいえ三回目ではありませんか。女御様が猫が大嫌いなのを知ったうえで、このように執拗《しつよう》に嫌がらせを繰り返しているくせに、盗人猛々《ぬすっとたけだけ》しいとはこのことですわね」

「ま、まあなんということを。もう一度言ってごらんなさい」

「何度でも言って差しあげますわ。そろそろお耳も遠くなっておられるでしょうし」

「っ！　そちらこそ、上御局《うえのみつぼね》への道順をお忘れにならぬようお気をつけあそばせ。もうずいぶんとご無沙汰《ぶさた》でしょうから。なんだったら地図を作ってさしあげてもよろしくてよ」

罵倒《ばとう》にすら近い強烈な皮肉の応酬《おうしゅう》に、伊子は戦慄すらした。上御局はお召をうけた妃が帝と共寝をする室である。桐子への寵愛《ちょうあい》が薄いことを皮肉っての言葉である。

「なんですって！　そっちこそもう一度言ってみなさいよ！」

「こっちだって何度でも言ってやるわよ！」

もはや宮仕えのたしなみなどかなぐり捨て、二人の女房は高欄から身を乗り出すようにして怒鳴りあっている。

「なぁに、いったいどうしたの？」

「紀伊局《きいのつぼね》。なにを大きな声を出しているの？」

当然ながら聞き及んだであろう双方の女房達が次々と簀子に出てきた。

「うわ、まずっ……」

千草が伊子の気持ちを端的な言葉で表した。

あんのじょう双方の女房達が簀子に勢ぞろいして、壺庭を挟んでにらみあった。

同じ帝の妃に仕える者同士として、常日頃から彼女達がなにかと反目しあっていること は後宮では周知である。実のところ当人である桐子と茈子は、年齢差のためかたがいを空気のようにしか思っていないようではあるが、女房達はそうはいかない。茈子付きである弘徽殿の女房達にとって、後から入ってきたくせに右大臣家の権勢と自分達の若さをなにかとひけらかす藤壺の女房達は鼻持ちならない存在だった。いっぽう藤壺の女房達も、主人への寵愛が薄いことを頻繁《ひんぱん》に皮肉られている。

ここにきて双方の不満が爆発しそうな勢いとなっていた。

「宮様！」

伊子は呼びかけた。女同士の強烈な争いに、なにをどうすれば良いのか分からずひたすらおろおろしていた嵩那は、われに返ったように伊子を見た。

「私が弘徽殿側を止めますので、宮様は藤壺のほうをお願いします」

言うなり伊子は、嵩那の返答も待たずに弘徽殿側にむかった。茈子の女房達なら日頃から懇意《こんい》にしているのでなだめられると思った。しかし藤壺からは、帝の意中をめぐってなにかと敵意をもたれているので自信がなかった。

弘徽殿の簀子に上がった伊子を見て、さすがに女房達はひるんだ様子を見せた。

「どうぞ、落ちつかれませ」

きっかけとなった猫を抱いた女房に懇願するように言う。この女房は弘徽殿では茈子の乳母に次いでの年長者である。日頃から伊子は自分より年上のこの女房と勾当内侍には、できるだけ尊重した態度で接するように心がけていた。

「尚侍の君」

きまり悪そうに、女房は視線をそらした。伊子は女房が胸に抱くキジ猫に目をむけた。

「その猫が、藤壺のほうに入り込んだのでございますか？」

「はい。繋《つな》いでいたのですが、結びなおそうとしたときにうっかり手を離れて……それは確かにこちらの手落ちでございました」

室内で猫を飼うときは、通常は紐でつなぐことが一般的だ。付け替えや結び直しでそんなこともたまには起こるだろう。それが一年に二回か三回であれば、それほど頻繁ではない気もするし故意とも思えない。そもそも逃がしたからといって飼い主の思うところに行かせられるものでもない。嫌がらせという藤壺側の言い分は、言いがかりも甚だしい言動である。

とはいえ猫が嫌いな人間からすれば姿を見るだけで苦痛だろうし、まして主人が具合の悪い時でなおさら逆鱗《げきりん》に触れてしまったのかもしれない。

（にしても、わざわざ藤壺に逃げなくても……）

女房の腕の中で呑気《のんき》に鼻をこする猫を恨みがましい思いで見たあと、伊子は視線を藤壺側に動かした。なにを言っているのか分からないが、嵩那から諭《さと》されているであろう女房達はもはや弘徽殿側を見ていない。

ここぞとばかりに伊子は、女房に言った。

「あちらはまだお若く、なにかと感情的になりやすい方々ばかりです。ここは私に預けて一度お引き取りいただけませぬか」

左大臣の娘で尚侍という立場の伊子にここまで言われて断れるはずがない。弘徽殿の女房達はしぶしぶと奥に入っていった。

ほっと一息ついたところで、少し後ろで薬箱を持ったまま控えている千草を見る。

「ご苦労様でした。あちらも、一応落ちついたみたいですよ」

一応という言葉をやけに強調した千草に、伊子はふたたび藤壺のほうに目を向ける。すると女房達が嵩那の周りを取り囲んでいた。しかもこれまでの怒声とは別の意味で興奮した黄色い声が上がっている。これまで何度か聞いたことのある類《たぐい》の声に伊子は過敏に反応し、そのうえで聴覚を研《と》ぎ澄ました。

「分かりました。式部卿宮様にそこまで申しあげられてはいたしかたございません」

「ではお約束でございますよ。次の管弦の宴《うたげ》では、ぜひ私どもと合奏してくださいませね」

「その日のために、衣を新調してお待ちしておりますわ」

花に集まる蝶というより、ぶんぶんと羽音をたてる蜜蜂のような勢いで女房達は嵩那の周りを囲っている。

「…………」

「なんか、どんなやりとりがあったのか非常に分かりやすいですね」

眉間《みけん》のしわを深くする伊子に、ぼそりと千草が言った。

ふつふつと沸き上がってくる不快の念を抑えようと、伊子は自分に言い聞かせた。

（いや、いや。怒ることじゃないでしょ）

嵩那の女人からの人気を考えれば、こういう展開になることは予想できた。そもそもそれを期待して仲裁を頼んだところもあったはずなのに、目《ま》の当たりにすると不快になるのだから勝手なものだ。

気を取り直して藤壺に向かうと、簀子《すのこ》の端で千草が声をあげた。

「尚侍、ただいま参上いたしました。どうぞ女御様にお取次ぎくださいませ」

慇懃《いんぎん》な物言いに、簀子でたむろしていた女房達は取り澄ました表情でかしこまる。この調子では、先刻の騒動を一部始終見られていたとは想像もしていないのだろう。

「お待ちしておりました。どうぞ中に——」

伊子はうなずき、ちらりと嵩那のほうを見る。依頼を成し遂げた彼は、とうぜん得意顔で目配せをしてきた。もやっとする気持ちを抑えて目配せを返すと、伊子は藤壺の中に入っていった。

見舞いといっても帝の名代なので、伊子には桐子と会うつもりはなかった。臥《ふ》せっている状態で反目する相手と顔をあわせるなどむこうも苦痛だろうから、女房から様子を聞いたら見舞いの品を渡して帰るつもりでいたのだ。

だから薬箱を渡した直後に、女房に告げられた言葉に耳を疑った。

「女御様が、お礼をおっしゃりたいと仰《おお》せです」

「……私が、女御様の寝所に上がってもよろしいのですか？」

「はい、どうぞ奥にお進みください」

露骨に嫌そうな顔をする千草を目で制し、伊子は女房の後に続いた。

白絹の帳《とばり》に囲まれた御帳台《みちょうだい》の中に入ると、桐子は脇息《きょうそく》にもたれて起き上がっていた。屋内なので顔色までは分からないが、心持ち痩《や》せたような印象はある。

伊子は厚畳《あつじょう》には上がらず、入口の付近で膝をついた。

「お加減はいかがでございますか？」

「とんと変わりませぬ。身体《からだ》はずっと熱っぽいし、時々頭《つむり》が痛むし……」

ひどく不機嫌そうに桐子は言った。いつも通りと言えばそうだが、体調が悪いからなのかよけい口調がきつい気がする。

話をどうつなごうかと悩んでいると、ぼそりと桐子は言った。

「私を呪詛《じゅそ》した犯人として、尚侍の君が疑われたそうですね」

伊子は目を円《まる》くする。先ほどの朝議のことを言っているのかと思ったが、ひょっとして以前から、伊子の知らないところでそんな噂《うわさ》が流れていたのだろうか。

「いえ、その……」

「まこと、馬鹿馬鹿しい」

吐き捨てるように言うと、桐子はあらためて伊子を見た。

「貴女様《あなたさま》にそんなことをする理由がないことは、私も存じております。その旨《むね》は皆にもきっちりと言い含めておきますので、どうぞご憂慮《ゆうりょ》なさいませぬよう」

「……」

「それだけですわ」

用件は済んだとばかりに、桐子はつんと視線をそらした。

木で鼻をくくるような物言いには閉口したが、桐子の正直な人柄は感じた。だからなのだろうか？　ふと伊子は、帝が桐子を清々しいと評していたことを伝えたいと思った。しかしそうなると〝安らげない〟という言葉も伝えなくてはならなくなる。どうしようか考えあぐねている伊子の前で、桐子は脇息に覆《おお》いかぶさるようにして深い息をついた。見舞いに来て無意味に長居をするという自分の失態に気付いた伊子は、あわてて立ち上がった。

「では、これにて失礼いたします」

立ち去り際、桐子が面倒臭そうになにか言ったがはっきりと聞こえなかった。

御帳台を出た伊子の目に、一人の女房の姿が映った。なぜなら彼女が大量の人形《ひとがた》が入った籠《かご》を抱えていたからだ。

「それは？」

単純な疑問から何気なく口にした問いに、女房は硬い声で答えた。

「夏越祓《なごしのはらえ》のためのものです。今年は特に念入りに穢《けが》れを祓わなくてはなりませんから」

水無月《みなづき》の末日の『夏越祓』では、自分の分身に仕立てた人形に罪や穢れを移して川や海に流す儀式が行われる。

女房の反応に伊子は内心でため息をついた。深い意味はなかったのに、挑発か追及のように受け取られてしまったらしい。それでなくとも伊子はここの者達からよく思われていない。

「……いえ、人形ではなく籠の細工が立派だと思ったのよ」

女房が手にしていた籠は、精巧な蔓《つる》細工だった。作った者の確かな腕がうかがえる。

伊子の平淡な口調に、自分の勘違いを察した女房はたちまち気まずげな表情を浮かべた。

「あ、私の里で家人が作ったものです」

「そうなの。その蔓はアケビか葛《くず》かしら？」

「よく存じませぬが、近くの山から採ってきているようです。作りがしっかりして見た目も美しいので、時々作ってもらってこちらでも使っております」

「まあ、ずいぶんと器用な家人なのね」

にっこりと微笑《ほほえ》みを浮かべると、かえって不穏に感じたのか女房はひどくうろたえた。

かまわず伊子は裳裾《もすそ》をひるがえして藤壺を出た。これは思った以上にぴりぴりしていると、女房達の剣呑《けんのん》な空気を肌で感じながら――。

帝に桐子のようすを伝えてから承香殿に戻ると、まもなくして嵩那が訪ねてきた。

御簾《みす》のむこうに着座をするなり、嵩那はすぐに桐子の病状について尋ねた。

「重病というほどではないのですが、どうにも芳《かんば》しくないようでいらついておられました」

「さようでございますか……」

釈然としないように嵩那は言う。

「なにか気がかりでも？」

伊子が尋ねると、嵩那は無言で膝を寄せてきた。ただ事ではないと察した伊子は、自分も端近に寄った。嵩那は蝙蝠《かわほり》で口許をおおい、声をひそめる。

「こうなっては申しわけない話ですが、実は私は仮病ではないかと疑っていたのです」

伊子が驚いた顔をすると、嵩那は後頭部に手をやって恐縮しきりといった態《てい》だった。

なるほど。うがって考えれば動機はある。帝の気を引きたいという女心から、一応恋《こい》敵《がたき》らしい伊子や茈子を嵌《は》めるということも考えられる。

「それに見つかった人形を調べさせると、呪詛としては若干稚拙《じゃっかんちせつ》な部分がありまして……」

「稚拙？」

嵩那はうなずいた。

「呪詛とはなんらかの方法で、人形を怨敵《おんてき》の身代わりにしなければ効果がありません。その点で言えばあの人形には誰の名前も記されていませんでした。もちろん藤壺の床下から見つかったものですから、そこの住人を狙ったものではあるのでしょう。しかし疵痕《きずあと》もずいぶんと遠慮《えんりょ》がちなものだったので、呪詛として効果があったのかどうか……」

つまり呪詛そのものが成立していないという考え方ができるわけだ。そうなると嵩那が考えたように、藤壺側の自作自演という可能性も浮上してくる。

とはいえ――伊子は御簾の内側で首を横に振った。

「お言葉ですが、藤壺女御はさようにかしこい女人ではありません」

もはや誹謗《ひぼう》にしか聞こえない断言に、嵩那は絶句した。かまわず伊子は手にした蝙蝠を得意げに揺らした。

「ですから、そのような悪知恵が働くはずもありません。あの方がもし私を貶《おとし》めたいとお考えなら、嵌めるなどとせせこましい方法ではなく、人目もはばからずに承香殿に怒鳴りこんできて、自分が気のすむまで罵倒《ばとう》して帰って終わりですわ」

かばっているのかけなしているのか分からぬ伊子の言い分に、嵩那はあ然としていた。

かまわず伊子はきつい口調でつづける。

「ですから主上《おかみ》も遠慮などなさらず、いくらでも叱《しか》りつけて差し上げればよろしいのですわ」

「え？」

嵩那は短く声をあげた。

「……なにか、あったのですか？」

とうぜんながら嵩那が尋ねてきたので、待っていましたとばかりに伊子は口を開いた。

「主上は藤壺女御のことを、疎《うと》んじておられるわけではありません」

そうして伊子は嵩那に、朝餉《あさがれい》の間の件を余すところなく語った。

話を聞き終えたあと、嵩那は相槌《あいづち》を打つように何度かうなずいた。

「なるほど。主上はそのようなことを仰せでしたか」

「はい。いったいなにを憂慮なされておいでなのでしょう。咎《とが》めたらどのように反応するのかなどをいちいち心配していたら、誰にも注意などできませぬでしょう。これまでとて主上は臣下に対して、たとえどれほど年長者であろうと必要とあればきちんと咎めておいででした。なにゆえ藤壺女御に対してだけ、そのように躊躇《ためら》われるのでしょう」

寵愛《ちょうあい》のあまり叱れないというのならまだ分かるが、一緒にいることすら気詰まりだという相手である。仮にそれで仲がこじれようと、元々ではないか。

「しかたがないですよ。なにしろ主上は、これまで同世代の人間とほとんどかかわっていらっしゃいませんでしたから」

苦笑交じりに嵩那が言った言葉に、伊子はすっと冷静になった。

以前に伊子は、王女御・茈子が身分の壁を越えて女嬬《じょじゅ》の楪《ゆずりは》と仲良くしていることを好ましいと考えた。登花殿の物《もの》の怪《け》騒動というとんでもない事態を引き起こしはしたが、分別《ふんべつ》のある年上の人間にばかり囲まれていては、他人とぶつかってそれを解決する能力を育てる機会を逸してしまうと思ったからだ。

だが帝には、その機会がなかった。

桐子は帝が接した、はじめての同世代の人間だった。

つまり帝は、一般的には童の頃から積み重ねて自然と慣れてゆく他人との衝突や軋轢《あつれき》をいまはじめて経験し、その結果として戸惑っているというだろうか？

断固として伊子は言った。

「だとしたら、馬鹿馬鹿しい話です」

聞いたかぎりで帝に対する暴言とも取れる言葉に、嵩那はぎょっとしたように身じろぐ。

「藤壺女御にそのように気を遣うことが、馬鹿馬鹿しいと言っているのです。宮様は私が出仕をはじめた日、初対面の私に女御がなんと仰せになられたか覚えていらっしゃるでしょう」

「え？　いや、あの……」

「お忘れか、途中からしか聞いていなかったとおっしゃるなら教えてさしあげます。女御は私に対して、あなたのご高齢が羨《うらや》ましいなどと嘯《うそぶ》かれたのですよ！」

すっかり過ぎたこととして流していたが、地味に根には持っていた。まったくいま思い出しても腹が立つ。はじめて会った人間に言う言葉ではないだろう。いや、五十回面識があったとしても失礼すぎる。

返す言葉に困ったのか、嵩那は蝙蝠で口許を押さえて視線を泳がせているようだった。御簾があるのだから意味がある行為とも思えないが、万が一にでも目をあわせてはならないといったふうだ。それぐらい伊子の剣幕はきつかった。その勢いをまったく落とすことなく、さらに続ける。

「たとえ帝のお言葉で女御が傷ついたとしても、常日頃人にあれだけ周りに言いたいことを言っている人間が、他人から言われた言葉で傷ついたとて気にする必要はないでしょう」

「……ま、まあ、そうですね」

「ですから主上も、朝臣《ちょうしん》に言えないようなことでも、女御にであればこそガツンと言って差し上げればいいのですよ！」

憤然《ふんぜん》としたまま語り終えた伊子は、そこでようやく息をついた。

すると、まるでそれを見計らったように嵩那が口を開いた。

「あのお二方は、それぞれが反対の意味でまだご存じないのですよ」

嵩那の静かな物言いは、興奮の余波が残っていた伊子の頭を完全に静めた。伊子は御簾の先に視線をむけた。

「どういう意味ですか？」

「言ってもよいことと言わなくてもよいこと。そして言ってはいけないことと──言わなくてはいけないことの区別が」

後半の一文がやけに伊子の胸に響いた。

前半は世をうまく生きるための知恵だが、後半はその人が深く生きるために学び、決断しなければならないことだ。

帝と桐子は、まだそれが分かっていないのだという。

ならば伊子自身はどうなのだろう？

嵩那に対する自分の想いは、けして言ってはいけないことだ。それなのに、それと同じくらいに言わなくてはいけないと思うのはなぜなのだろう。

これまで抑えていた気持ちが、前触れもなくざわつきはじめる。固く目をむってそれを静めようとすると、重しを乗せられたように胸に圧を覚える。

「……宮様は」

苦しさを解放しようと息を吐くと、自然と想いが言葉となって出てしまっていた。

「宮様はお分かりになりますか？」

嵩那は不意をつかれたように黙りこんだ。伊子は息を詰め、嵩那の答えを待った。たがいの息が聞こえそうなほどの静寂が、二人の間に流れていた。

やがて嵩那は小さく笑いを漏らした。

「分かりますよ。私ももういい年ですから」

それから数日が過ぎた水無月《みなづき》中旬のある日。伊子は清涼殿の局《つぼね》で、帝から頼まれた写《しゃ》経《きょう》を行っていた。桐子の状態がいっこうに改善しないため、快癒《かいゆ》を願って納経を行うことを帝が決めたのだ。

手に汗をかきやすい夏場の書字は、なかなかの苦行である。おまけに今日はほとんど風がないので蒸し暑くて集中もできない。機械的に筆を動かしつつ、伊子はぼんやりと考えを巡らせていた。

言ってはいけないこと、言わなくてはいけないことを自分は分かっていると嵩那は言った。

あれ以来その言葉がずっと心に残り、伊子は落ちつかない日々を過ごすことになった。嵩那にとって、そして伊子にとっての言ってはいけないことと言わなくてはいけないことは、いったいなんなのだろう。

(私、なにを考えているのかしら)

伊子はつまむように眉間《みけん》をぎゅっと押さえた。

嵩那の心など分かる術《すべ》もない。だが、自分がしなければならないことは理解している。

帝に想いを寄せられた立場での嵩那への想いは、けして口にしてはいけないことだ。彼への想いを消すことができぬのなら、いまは御所で顔をあわせられることだけに感謝して日々を過ごすしかない。

伊子はついに筆を止めた。こんな散漫な気持ちで行った写経に、功徳《くどく》などあるはずがない。

そのとき几帳《きちょう》のむこうから千草が顔を出した。

「姫様、よろしいですか？」

いつも遠慮のかけらもなく言いたいことを話す乳姉妹の畏《かしこ》まった態度に、伊子は身構える。

「どうしたの？」

「はい、実は気になることが」

千草は膝を詰めて、伊子の耳元に口を寄せた。

その話を聞き終えた伊子は、驚きのあまり目を円《まる》くする。

「え、まさか……」

「まさかということはないでしょう」

心持ち不満げに千草は言う。

そのとき、外から女人の怒声が響いてきた。伊子と千草は眼を見合わせ、二人同時に簀《すの》子《こ》に飛び出した。ぐるりとあたりを見回して、声の主はすぐに見つかった。清涼殿に面した藤壺の簀子で、若い女房が壺庭にむかって怒鳴り散らしていた。

「まったく忌々《いまいま》しいったらありゃしない。どこの猫なのよ！」

どうやら藤壺に、また猫が入りこんだようだ。しかも弘徽殿で飼っている猫とは別のものらしい。実は御所には弘徽殿の他にも、先帝が飼っていた猫が数匹住んでいた。夏はたいてい格子《こうし》を上げているから、紐さえ外れれば入りたい放題なのだ。

地団駄《じだんだ》を踏んで悔しがる女房に、千草が呆《あき》れたようにつぶやいた。

「よっぽど猫が嫌いなんですね」

伊子もうなずく。弘徽殿の猫が入ったときの藤壺側の怒りかたは、飼い主に対するもともとの敵対感情も起因しているのだろうと思っていたが、この様子を見ると本当に猫を嫌っているようだ。あるいはぴりぴりしている状況が、いっそう女房達を感情的にさせているのか。

「それにしても、なぜ藤壺にばかり猫が入るのかしら？」

伊子は首を傾《かし》げた。猫好きの女房がいる殿舎なら餌付《えづ》けしたということもあるだろうが、藤壺がそうだとは思えない。

「本当ですよね。藤壺ではおやつ用に干し魚でも常備しているのでしょうか」

「まさか……」

千草の言葉に伊子は苦笑した。食事の膳《ぜん》にはつくこともあるだろうが、あんな匂《にお》いの強いものを殿舎に置くはずがない。そもそも先日藤壺に入ったとき、そんな匂いはまったくしていなかった。

「そんなものがあったら匂いが強くて、せっかく焚《た》いた香が台無し――」

言い終わらないうちに、ふと伊子はあることを思いだした。

――匂い？

その単語が、散漫に散っていた情報と偶然のようにつながった。すると瞬く間に、ひとつの筋立てができあがった。

（え、ひょっとして……）

そんなまさかと思う部分もある。しかし可能性はないわけではない。それにだとしたら、床下で見つかった人形《ひとがた》にも説明がつく。そもそも千草の想像が当たっていたら、人形の発見自体が意味のないこととなる。

「姫様？」

急に黙り込んだ伊子に、千草が訝《いぶか》しげに呼びかける。

伊子は藤壺側を見つめたまま、はっきりと言った。

「式部卿宮様に、おいでいただくようにお伝えしてちょうだい」

それから二日後。清涼殿に主たる朝臣や皇親が集まっていた。

嵩那の呼びかけによるものだった。

「なんでも、呪詛《じゅそ》の真相が判明したそうですが」

「では、ついに犯人が！」

孫廂《まごびさし》に居並んだ彼らは、しきりにささやきあっていた。その中で顕充と右大臣だけは、苦々しい面《おも》持ちで自分の笏《しゃく》を睨《にら》みつけている。帝は昼御座《ひるのおまし》にて不安気な面《おも》持ちを浮かべていた。その傍《かたわ》らに控えた伊子は、黙って嵩那の登場を待っていた。

ふわりと黒方《くろぼう》の香りがただよってくると、ほどなくして簀子に嵩那が姿を見せた。しかしその姿に皆ざわつきだす。もちろん帝も訝《いぶか》しげな顔をしている。なにしろ嵩那はその腕に、一匹のキジ猫を抱いていたのだ。

「お待たせいたしました」

猫を抱いたまま着座した嵩那に、朝臣達は戸惑いを隠さない。しかし嵩那は微笑《ほほえ》みを携えたまま、すぐには話を切りだそうとしなかった。

「……宮様。その猫は？」

遠慮《えんりよ》がちに尋ねたのは、伊子の弟の実顕だった。検非違使別当《けびいしべつとう》でもある実顕には、本来であれば自分が果たさなければならない職務を嵩那に任せてしまった心苦しさがある。

「はい。この者こそ、このたびの呪詛事件の犯人です」

朝臣達は耳を疑うような表情で嵩那を見た。いっぽう嵩那は、物騒な言葉を言いながらもすました顔で猫の頭を撫《な》でている。弘徽殿にさいさん出入りをしていた彼にはトチもすっかり懐いているようで、非常に大人しく抱かれていた。

ざわつく朝臣達の気持ちを代表するように、帝が問うた。

「それは、いかなる意味か？」

「いまからご説明いたします」

そう言って嵩那は、他人には分からぬよう奥に座る伊子に目を向けた。伊子はうなずき傍らに控える命婦《みょうぶ》に目配せをする。立ち上がると彼女は廂を横切って嵩那のそばに歩みよった。その手には、人形が入った蔓《つる》細工の籠《かご》がある。

考えついたからくりを、伊子はすべて嵩那に証言してくれるように依頼した。左大臣の娘である伊子が言っても、右大臣側は先入観で容易に受け入れてくれないと思ったからだ。

命婦は嵩那の膝先に籠を置いた。

「こちらは藤壺で、物入れとして使われている籠です。ちょうど夏越祓《なごしのはらえ》に使う人形を入れているようです」

嵩那の説明に、朝臣達は身を乗り出すようにして籠の中を覗《のぞ》きこむ。

事情を話して伊子が藤壺から借りてきたものだった。最初は半信半疑だった女房達も、はっきりとした証拠を見せつけることで納得して提供してくれたのだ。

「どうぞ、ご覧ください」

そう言って嵩那は、抱いていた猫を籠のそばに下ろした。

猫は様子見をするように一瞬動きを止めたあと、すごい勢いで籠にかぶりついた。そして興奮したまま籠をひっくり返し、中に入っていた人形を床にぶちまけた。それでもかまわず、まるで酔っ払いのように籠にまとわりついている。

あ然と眺めていた朝臣達の中から、一人が戸惑いがちに問う。

「宮様、これは？」

「和多々比《わたたび》（マタタビ）の蔓で作った籠です」

嵩那は得意げに答えた。

和多々比の香りを猫が好むことは、知る人ぞ知る事実である。一般的に実のほうが効果は高いが、樹皮も猫によっては反応を示す。

つまり藤壺は気がつかないまま、嫌いな猫を引き寄せる道具を置いてしまっていたのだ。しかもさいさん新しいものを作ってもらっていたというから、香りも強かったのだろう。

「藤壺に確認を取りました。この猫は昨年の今頃も藤壺に忍びこんで、夏越祭のための人形を散らばして逃げて行ったそうです」

はじめのうち朝臣達は、嵩那の言い分が理解できないようだった。猫が藤壺に出入りしていたことと呪詛人形が見つかったことに、なんの関係があるのかと思うだろう。

だがしばらく考え込んでいた帝が、はっとしたように顔をあげた。

「まさか……」

嵩那は大きくうなずいた。

「藤壺の床下から見つかったものは、呪詛のための人形ではございません」

いっそうざわめく朝臣達の姿に、伊子は蝙蝠《かわほり》の内側で悦《えつ》に入《い》る。

そうそう、その調子で結論から先に言ってあげてくださいませ。特に弾正宮様などは、小難しく説明してもわかってもらえないのだから。

「あれは昨年の夏越祭のために藤壺で用意していた人形。それを猫が咥《くわ》えて、藤壺の床下に捨てていったものです。疵は猫が爪を研《と》いだ痕と思われます」

猫が人形を咥えていった理由は単なる気まぐれか、あるいは人形に微《かす》かにでも和多々比の匂いがうつっていたのかもしれない。本当なら籠を持ってゆきたいところだろうが、猫が咥えて持ち出せる大きさではなかった。

嵩那の説明に、朝臣達はしばらく物も言えずにいた。誰もが信じがたい思いと拍子抜けした思いが混在して、すぐには整理できないでいるようだった。

その中で、やっと右大臣が声をあげた。

「な、ならば、長きに渡る女御の不調はいったいなにゆえでしょうか？」

病の原因は一般的に物《もの》の怪《け》の仕業《しわざ》とされるが、祈禱《きとう》がまったく功を奏さないので呪詛が疑われたのである。

「それは……」

それまで明快に語っていた嵩那ではあったが、ここではじめて言葉を詰まらせた。この世には祈禱や祓だけでは解消できぬ病はあるとは思うが、いまさらそう説明しても後付けのようで右大臣は納得しないだろう。

伊子は眉《まゆ》を寄せた。

(困ったな……)

そのとき千草がにじりよってきて、耳元でささやいた。

「姫様。さきほど診立《みた》てが終わったそうです」

目を瞠《みは》る伊子に、千草はこくりとうなずいた。

心の中で快哉《かいさい》を叫ぶ。よし、これで全てが嵌《はま》った。伊子は深く息を吸った。

「お話の途中でございますが――」

とつぜん奥から聞こえた声に、朝臣達の注視はもちろん帝も驚いたように振り返った。

伊子は嵩那に対してだけ一度目配せすると、慇懃《いんぎん》に一礼した。

「急遽《きゆうきよ》、ご報告しなければならぬことがございます」

ただならぬ物言いに、朝臣達が訝し気な顔をする。その中で嵩那だけが、うかがうように伊子をじっと見つめていた。彼には一応可能性を告げていたが、あくまでもその段階だった。しかしいまはっきりと裏付けが取れた。

「主上《おかみ》、そして右の大臣」

予想もしなかった指名だったのだろう。右大臣は目を瞬かせた。

しかし伊子は余裕の表情で笑みを浮かべ、殿舎全体に響くような声で言った。

「おめでとうございます。藤壺女御様、ご懐妊《かいにん》でございます」

それから数日後の夜。桐子は実家である右大臣家に帰っていった。懐妊が分かった妃は、出産に備えて速やかに里帰りをすることが慣例である。

その日の務めを終えた伊子は清涼殿から戻る途中の渡殿《わたどの》で、月明かりに照らされた藤壺の殿舎を眺めていた。つい先程まで退出の段取りで慌ただしかったのに、いまは嘘のように静まり返っている。

「やれやれ。これで後宮もしばらく静かになるわね」

ちょっと寂しい気もするけれど、などと思いつつ独り言をつぶやいたときだった。

「おや、おや。聞き捨てならない不遜《ふそん》なお言葉ですね」

閉じた蝙蝠を胸元でもてあそびながら近づいてきた嵩那に、伊子は頰を緩めた。

彼が自然と横に立ったので、二人は並んで漆黒《しっこく》の空に浮かぶ下弦《かげん》の月を見上げた。昼間の暑さが嘘のように引き、心地よい夜風が流れてきている。

「主上は、まだ少し戸惑っておられるようですね」

嵩那が言った。

「それは藤壺女御も同じですわ。純粋に喜んでおられるのは右大臣だけです」

苦笑交じりに伊子は返した。とうぜんだろうが、懐妊の次第を告げたときの右大臣の喜びようはすごかった。ちなみに若い女房達はともかく医師ですら気付かなかった早期の妊娠をいちはやく千草が見抜いたのは、やはり四人も子供を産んだ女の貫録《かんろく》だろう。しかし当事者である二人は、自分達が親になるという事態にまだ困惑している雰囲気《ふんいき》があった。

「されどいかにお二人がたがいの存在に戸惑っておいでも、紛《まぎ》れもなく父と母になられるわけですから、ゆっくりとでも夫婦になっていただかなければなりません」

嵩那の意見に伊子はこくりとうなずいた。

自分の両親が愛情薄い夫婦であったことを知っている帝は、わが身が父親の立場に立った時にどのような行動を取るだろう。願わくば生まれてくる御子のためにも、二人が言ってもよいことと言わなくてもよいこと、言ってはいけないことと言わなくてはいけないことを弁《わきま》えた夫婦になってくれればと思う。

主のいない藤壺の軒端《のきば》には、火の消えた冷え冷えとした燈籠《とうろう》が音もなく揺れていた。あそこにふたたび火が入ったとき、自分も含めてこの後宮に住む者達はどのような状況にあるのだろうか。

ぼんやりと考えていると、冗談めかして嵩那が言った。

「確かにとうぶんの間、後宮は静かでしょうから、大君《おおいきみ》もしばらく安らげますね」

伊子は蝙蝠の内側で小さく噴き出した。先ほど伊子が同じような言葉を口にしたときは、不遜《ふそん》だとからかったくせに。

「されど宮様は、藤壺の方々がいなくなってお寂しくはございませぬか？」

「？」

「なにしろ女房達の間で宮様は、業平《なりひら》の生まれ変わりと噂《うわさ》されているそうですわよ」

それは特に他意などなく、ちょっとした皮肉のつもりで言った言葉だった。

「さようでございますか、女房達がそのように……」

困惑したように答えたあと、嵩那は閉じたままの蝙蝠をしきりにいじりだす。やがて独り言のようにぽつりと言った。

「それはまた、なんとも意味深な……」

思いもよらぬ反応に、どきりとした。

いまになって伊子は思いだしたのだ。色好みの美男として名を馳《は》せた在原業平《ありわらのなりひら》は、清和《せいわ》天皇の妃である藤原高子《ふじわらのたかいこ》と、入内《じゅだい》前に恋仲であったことでも有名だったことを——。

急速に鼓動が速くなる。静かだった心に不意の細波《さざなみ》が立ちはじめる。ここまで保っていた平穏を、自分の不用意な一言で乱してしまった。

それまで吹いていた風がぴたりと止まり、二人の周りの空気がにわかに蒸し暑さをまとった不快なものになってゆく。

「……業平がどうだったのかは存じませぬが」

低い声で嵩那は切り出した。

「確かに私は、あれ以来数多くの女人と恋仲になりました。されどそのときそのときすべてが真剣な付きあいでした」

そう言って嵩那は、月にむけていた眼差《まなざ》しを動かして真っすぐと伊子を見つめた。

「それは、いまも変わりません」

重みのある言葉が、大波となって心にふりかかってくる。

受け止めるだけで精一杯の衝撃に、伊子は唇を震わせた。

「……存じております」

声がかすれた。干からびたようになった喉《のど》から、それ以上の言葉が出てこなかった。

言ってはいけないことと、言わなくてはいけないことが心の中でせめぎあい、言うべき言葉がうまく整理できない。

伊子は蝙蝠の内側に再度目を落とした。

きっと自分は、なんらかの返事を求められているのだろう。しかし伊子はあらゆるものに対する迷いをまだ捨てられずにいる。

――情けない。

自分に対する歯がゆさから、唇をきゅっと嚙《か》みしめる。

そのとき頭上から声がかかった。

「それならばよかった」

驚いて顔を上げると、嵩那は穏やかな表情で伊子を見下ろしていた。

「そのことだけを知っていただければ、満足です」

にこやかな笑みを浮かべて嵩那は言った。

「会いたいと思ったときにいつでも貴女《あなた》の姿を見られることが、いまの私にとって一番の幸せなのです」

高くもなく低くもない、ちょうどよい高さの声が胸に沁《し》みる。

真昼の暑さを和《やわ》らげる恵みの夜風のように、嵩那のその言葉は伊子の内側にある不安や憤《いきどお》りを癒《いや》していった。

桐子が不在となった今後、帝がどう動くか予想もつかない。ただそれは伊子の手におえることではない。いま伊子にできることは、職務を果たして尚侍として帝の必要欠くべからざる存在になることだけだ。その後のことは――。

それは、そのとき考えればいいわ。

とりあえずそうすれば、伊子も御所《ここ》で嵩那の姿を見続けることができるのだから。

伊子は蝙蝠《かわほり》をかざしたまま、上目遣いに嵩那を見た。端整な面差《おもざ》しが月光に照らされ、いっそう幻想的な雰囲気をかもしだす。

うっとりと見惚《みほ》れながら、好きな人をそばで見られることの幸せを実感する。出仕をはじめて本当に良かった。自宅にこもっていたら、こんな幸せはけして味わえなかった。

ふたたび、穏やかな夜風が吹きつけてきた。

「よい風ですね」

嵩那はこめかみのあたりで揺れる後れ毛を押さえながら、伊子のほうを向いた。

こくりと伊子がうなずくと、嵩那はゆっくりと微笑《ほほえ》みを返した。

※この作品はフィクションです。実在の人物・団体・事件などにはいっさい関係ありません。

集英社オレンジ文庫をお買い上げいただき、ありがとうございます。
ご意見・ご感想をお待ちしております。

● あて先
〒101-8050　東京都千代田区一ツ橋2-5-10
集英社オレンジ文庫編集部 気付
小田菜摘先生

平安あや解き草紙
〜その姫、後宮にて天職を知る〜

集英社
オレンジ文庫

2019年3月25日　第1刷発行

著　者　小田菜摘
発行者　北畠輝幸
発行所　株式会社集英社
〒101-8050東京都千代田区一ツ橋2-5-10
電話【編集部】03-3230-6352
【読者係】03-3230-6080
【販売部】03-3230-6393（書店専用）
印刷所　図書印刷株式会社

※定価はカバーに表示してあります

ISBN 978-4-08-680244-4 C0193

集英社オレンジ文庫

要 はる

リフトガール

～フォークリフトのお仕事～

小さな車体で重い荷物も軽々と持ち上げ、
器用に走るフォークリフトに憧れ、
冷蔵庫工場の製品チームで
リフトマンとして働く数音。ある朝、
部品チームへの異動を命じられて…？